본질에
대하여

본질에
대하여

초판 1쇄 인쇄 2017년 3월 20일
초판 1쇄 발행 2017년 3월 27일

지은이 그레구아르 들라쿠르
옮긴이 김수진

펴낸이 이상순
주간 서인찬
편집장 박윤주
제작이사 이상광
기획편집 김한솔, 한나비
디자인 유영준, 이민정
마케팅 홍보 이병구, 김수현
경영지원 오은애

펴낸곳 (주)도서출판 아름다운사람들
주소 (413-756) 경기도 파주시 회동길 103
대표전화 031-955-1001 **팩스** 031-955-1083
이메일 books777@naver.com
홈페이지 www.books114.net
문학테라피는 (주)도서출판 아름다운사람들의 임프린트입니다.

본질에
대하여

문학테라피

__**일러두기** 이 책의 각주는 역주이며, 원주는 본문에 그대로 표기하였습니다.
원문에서 영어로 쓰인 부분은 영문을 병기하고 이탤릭체로 썼습니다.

차례

진짜 내가 보이나요 목사님?
진짜 내가 보이나요 의사선생님?
진짜 내가 보이나요 엄마?
진짜 내가 보이나요 당신?

피트 타운센드, 〈쿼드로피네아Quadrophenia〉

1
우리가 처음 보는 시선

아르튀르 드레퓌스는 풍만한 가슴을 좋아했다.

그의 어머니는 가슴이 작았지만, 할머니한테 꼭 안겼을 때 숨이 막혔던 기억이 있는 것으로 봐서 할머니의 가슴은 컸던 듯하다. 그래서 그는 만약 자신이 여자로 태어났다면 가슴이 과연 컸을지 작았을지 궁금해 한 적도 있었다.

그는 가슴이 크면 걸음걸이에서도 여성적인 몸매가 더 두드러질 수밖에 없다고 믿었다. 아르튀르는 그럴 때 드러나는 그 절묘한 실루엣의 우아함에 매료되어 때로 넋을 잃었다. 영화 〈맨발의 콘테사〉의 전설적인 에바 가드너, 〈누가 로저 래빗을 모함했나〉의 너무나 섹시한 제시카 래빗 등이 대표적이었다. 그들의 걸음걸이와 풍만함을 떠올리기만 해도 그는 황홀했고 얼굴이 달아올랐다. 여자들의 가슴 앞에서 그는 압도되어 숨을 죽였고 심지어 경외심마저 느꼈다. 아르튀르의 생각에는 여성의 가슴 앞에서 다시 어린 소년이 되지 않는 남자는 남자도 아니었다. 남자들은 가슴이라면 모두 사족을 쓰지 못했다.

하지만 아르튀르 드레퓌스는 그런 풍만한 가슴을 손에 넣어 본적이 없었다. PP 자동차 정비소에 굴러다니는 '옴므 모데른' 과월호에서나 수없이 감상했을 뿐이다. 물론 인터넷에서도 봤다.

좀 더 솔직하게 말하자면, 어렸을 때 리고말로렙스지 부인의 육중한 가슴이 봄 블라우스 자락을 비집고 나왔을 때를 놓치지 않고 포착한 적은 있었다. 그녀의 수박 두 덩이는 활활 타오르는 불꽃처럼 생생했고 그 움직임은 마치 폭우에 넘실거리는 연녹색 냇물 같았다. 그랑드 뤼*(이름은 거창한 이 길은 사실 좁은 골목길이다)에 하루 두 번만 오는 버스를 놓치지 않으려고 부인이 발걸음을 재촉하거나, 말을 잘 듣지 않는 부인의 갈색 강아지가 개똥을 보고 흥분해서 그쪽으로 부인을 끌고 갈 때면 그 냇물은 더욱 거세게 요동쳤다.

아르튀르의 열정은 오래된 것이었다. 중학교 3학년 때, 어린 아르튀르는 얼굴은 예쁘지만 가슴이 가자미처럼 납작한 80A컵 조엘랭게에게 다가가는 대신 못생겼지만 85C컵인 나데즈 르쁘띠와 사귀기로 했다. 하지만 오산이었다. 나데즈는 반쯤 자란 자신의 수박을 조심스럽게 보호하면서 이를 노리는 미식가로부터 철저하게 지

---

* 그랑드 뤼|Grande Rue는 큰길이란 뜻이다.

켰다. 나데즈는 통통한 열세 살짜리 아이일 뿐이었지만 이 신체적인 특징의 힘을 잘 알고 있었고, 그래서 가슴이 아니라 자신이 사랑받는다는 확신을 원했다. 하지만 열세 살 아르튀르 드레퓌스는 아직 달콤하고 낭만적인 말로 나데즈 르쁘띠를 꼬드기는 데 영 서툴렀다. 그는 랭보의 시도 읽은 적 없고 카브렐*의 달달한 노랫말이나 제롬**의 애절한 가사('안 돼, 날 버리지 마/안 돼, 안 돼, 널 내게 줘')도 몰랐다.

그러다 당시 그의 친구였던 알랭 로제가 조엘 랭게의 보잘것없는 살구 같은 가슴을 손으로 만졌고 거기에 입을 맞췄으며 급기야 집어삼켰다는 이야기를 들었다. 아르튀르 드레퓌스는 돌아 버릴 것 같았다. 그리고 가슴에 대한 자신의 눈높이를 대폭 하향 조정해야 하지 않을까 고민했다.

열일곱 살 때 첫 월급을 받은 기념으로 그는 여자 문제라면 자기에게 맡겨 두라던 알랭 로제와 함께 알베르 시로 갔다. 아르튀르는 거기서 만난 육감적인 단역 여배우와 극장 발코니에서 아찔함을 만끽하며 대담한 첫 경험을 할 생각이었다. 그런데 그는 흥분한 나머지 바지도 내리기 전에 사정하고 말았다. 우윳빛 보물과 같은 여자의 가슴을 쓰다듬고, 어루만지고, 입 맞추고, 마음껏 괴롭힌 다음 한번 짜릿하게 가 볼 생각이었건만, 미처 그럴 기회도 없이 망신만

---

* 1970년대부터 활동한 프랑스의 국민 가수로 포크 감성의 노래를 다수 발표했다.
** 1970년대 전성기를 누린 프랑스 가수.

당한 것이다. 아르튀르는 창피한 나머지 그길로 달아났다.

이렇게 아르튀르 드레퓌스의 편향된 열정은 자꾸 찬물만 맞았다. 뜨겁게 달아올랐던 머리가 천천히 식어가자 아르튀르의 시야도 넓어졌다. 그는 미국의 소설가 캐런 데니스가 쓴 연애소설 두 편을 읽고, 때로는 미소나 향기, 심지어 시선 하나로도 다른 사람에게 끌릴 수 있다는 걸 알게 되었다. 그리고 여섯 달 뒤 비스트로 데데 라프리트에서 바로 그런 경험을 했다. 데데 라프리트에서는 낚시용품, 지역신문, 로또, 담배도 팔지만 낚시꾼들은 주로 한잔하려고 이곳을 찾았다. 끝나지 않을 것 같이 꽁꽁 얼어붙은 겨울 새벽, 빨간 주필러* 간판은 낚시꾼들에게 목동을 아기 예수에게 인도해준 별과 같았다. 거기다 이곳에서는 2006년에 통과된 금연법이 아직도 지켜지지 않아 애연가들에게 오아시스와도 같았다.

데데 라프리트에서 일어난 일은 지극히 간단했다. 무엇을 주문하겠냐는 말에 고개를 든 아르튀르 드레퓌스는 새로 온 종업원과 눈이 마주쳤다. 비를 떠올리게 하는 회색 눈에 그는 심장이 내려앉는 줄 알았다. 목소리, 미소, 장밋빛 잇몸, 하얀 치아, 향기 등등 그녀는 모든 면에서 캐런 데니스의 여주인공들 같았다. 아르튀르는 그녀의 가슴을 몰래 훔쳐볼 생각도 하지 못했다. 그러니까 가슴이

---

* 벨기에 맥주 브랜드.

소박한지 아니면 육감적인지, 적막한 절벽인지 솟아오른 산봉우리 같은지 따위는 하나도 중요하지 않게 여겨졌다.

마침내 그는 깨달았다. 여성을 우아하게 만드는 것은 가슴만이 아니라는 사실을.

그는 첫눈에 반하는 것이 무엇인지 처음으로 알게 되었다. 심장의 이상 수축, 즉 일종의 부정맥과 같이 심장이 오그라드는 느낌을 최초로 경험한 것이다.

하지만 새로 온 이 종업원과는 아무 일도 생기지 않았다. 결말이 뻔한 연애를 시작하는 것은 아무 짝에도 쓸모없는 법. 비를 닮은 눈망울을 가진 그 종업원에게는 이미 애인이 있었다. 그는 벨기에와 네덜란드를 오가는 트럭 운전사였다. 떡 벌어진 어깨에 건장한 체격을 가진 그는 손도 작았지만 뭐든 다 부숴 버릴 듯 강했다. 잘 발달된 그의 이두근 위에는 애인의 이름 '엘로이즈'가 문신되어 있었다. 자신이 그녀의 주인이자 소유자임을 분명히 하는 것처럼 말이다. 반면에 아르튀르 드레퓌스는 가라테나 중국 무술도 전혀 할 줄 몰랐다. 아는 것이라고는 기껏해야 〈쿵푸팬더〉 속에서 맹목적으로 쿵후 마스터가 되려던 주인공(그렇다. 길이 기억될 바로 그 '마스터 포' 말이다)의 입에서 나온 몇 마디 가르침과 이브 로베르 감독의 〈스파이 오퍼레이션〉에서 피에르 리샤르가 외쳤던 기합 소리가 전부였다. 그래서 그는 엘로이즈의 얼굴에서 풍기는 시적 아름다움, 그녀의 촉촉한 회색 눈동자, 장밋빛 잇몸에 대한 마음을 깨끗이 접기로 했다. 모닝커피를 마시러 가던 것도 그만두었고, 질투심 강한 그녀의 트럭 운전사 애인과 행여나 마주치는 일이 생길까 봐 담배까지 끊었다.

이 첫 번째 장을 간략하게 정리하면 이렇다. 스무 살의 아르튀르 드레퓌스는 잘생긴 외모를 지녔으나 (엘로이즈는 그가 라이언 고슬링을 닮았다고 했다. 물론 더 잘생겼지만 말이다) 아이-르-오-클로셰 마을 방향의 32번 지방도로에서 한참 떨어져 있는 마을 외곽의 작은 집에서 혼자 살았다. 아르튀르는 솜 지방의 '롱'이라는 작은 마을에 살았는데, 678명에 이르는 이곳의 주민들은 '롱지니앵'이라 불렸다. 그는 손가락에 검정 기름때가 질 날이 없는 자동차 정비공이었다.

참고로 라이언 고슬링을 모르는 분들을 위해 부연 설명을 하자면, 그는 1980년 11월 12일에 출생한 캐나다 배우다. 그는 이 책의 이야기 속 시간적 배경보다 1년 뒤인 2011년에 니콜라스 윈딩 레픈 감독의 멋진 누아르 영화 〈드라이브〉로 세계적 명성을 얻었다.

하지만 이건 중요한 게 아니다.

이 책의 이야기가 시작되던 그날, 누군가 그의 집 문을 두드렸다.

그때 아르튀르 드레퓌스는 미국 드라마 〈소프라노스〉(시즌 3, 7화: 엉클 주니어, 위암 수술을 받다)를 보고 있었다. 그는 자리에서 벌떡 일어나 큰 소리로 물었다. 누구세요? 다시 문 두드리는 소리가 났다. 현관으로 가서 문을 연 아르튀르는 자신의 눈을 의심했다.

그의 앞에 서 있는 사람이 바로 스칼렛 요한슨이었기 때문이다.

아르튀르 드레퓌스는 사람들이 PP라고 부르는 파스칼 페이앵 자동차 정비소 사장의 세 번째 결혼식 피로연 때 — 이 피로연에서 그는 인사불성이 될 때까지 마시는 바람에 이틀 내내 노란 수박만 먹으며 숙취를 달래야 했다 — 를 제외한다면 거의 술을 입에 대지 않았다. 기껏해야 가끔 저녁에 TV 앞에서 맥주를 홀짝이는 정도다. 그러니까 현관문 앞에 스칼렛 요한슨이 보이는 게 알코올 탓은 아니었다.

그렇다.

지금껏 아르튀르 드레퓌스는 지극히 평범하게 살았다. 이 관능적인 여배우를 만나기 전까지의 그의 일생을 잽싸게 되돌아보면 다음과 같다. 그는 1990년(소설 『쥬라기 공원』이 출간되고, 세상을 떠들썩하게 하면서 톰 크루즈가 니콜 키드먼과 두 번째 결혼을 한 바로 그해다) 피카르디 지방의 도청 소재지이자 면 소재지인 아미앵의 카미유-데물랭 병원에서 아버지 루이-페르디낭 드레퓌스와 어머니 테레즈 마리 프랑수아즈 르카르도넬 사이에서 태어났다.

아르튀르는 몇 년간 외동아들이었지만 1994년 여동생 느와이야 드레퓌스가 태어났다. 느와이야는 지극히 아름답다는 뜻을 담고 있었다.

그런데 1996년 이웃집에서 키우던 도베르만이 그만 느와이야를 사료로 착각하는 일이 벌어지면서 아르튀르는 다시금 외동아들이 되었다. 개가 삼켜 버린 아기의 얼굴과 오른손은 카니스 루푸스

파밀리아리스*의 몸 끝에서 똥으로 나와 그랑 세닉 차의 바퀴 밑에서 발견되었다. 마을 사람들은 충격에 휩싸인 가족을 할 수 있는 한 위로했다.

어린 아르튀르 드레퓌스는 울지 않았다. 그가 눈물을 보이면 엄마 눈에서도 눈물이 흘렀기 때문이다. 아르튀르의 눈물을 보면 그의 엄마에게는 세상에 대한 두려움, 소위 말하는 삼라만상에 대한 두려움, 가증스러운 신의 잔인함에 대한 두려움이 일어났다. 그래서 다시 외동으로 되돌아간 그는 주머니 속 깊은 곳에 구슬을 간직하듯 모든 고통을 마음속으로 삭였다. 마치 작은 유리조각들을 품듯이.

사람들은 그를 딱하게 여겼다. 그의 머리를 쓰다듬으며 서로에게 '딱한 것, 불쌍한 녀석, 이런 꼬마에겐 너무 가혹한 일이야'라고 속삭였다. 이 시기는 그에게 슬프면서도 동시에 즐거운 시간이었다. 드레퓌스 가족은 대추야자 열매 과자, 꿀과 견과류로 빚은 바클라바 과자, 가지를 으깨 만든 바바가노쉬를 끊임없이 먹었고, 마을 사람들도 플랑드르나 아르투아산 치즈로 만든 과자와 커피 푸딩, 치커리 푸딩을 아낌없이 가져다주었다. 설탕은 살도 찌우고 고통도 녹여 주기 마련이다.

가족을 잃은 팔다리가 잘려나간 것 같은 고통에 드레퓌스 가족은 마을을 떠나 노르망디 지방에 있는 으아위 국유림 초입의 작은

---

* 개의 라틴어 학명.

마을 생상스로 이사했다. 이곳에서 아버지 루이-페르디낭 드레퓌스는 삼림관리인이 되었다. 그는 저녁에 퇴근할 때 때때로 꿩이나 붉은색 새끼 자고새, 산토끼를 가져왔고, 그의 아내는 이것으로 고기 파이나 가슴살 구이, 스튜를 만들었다. 한번은 겨울이 다가오자 털토시를 만들 여우 가죽을 가져왔다. 그러자 그의 아내 테레즈 르카르도넬은 새파랗게 질린 얼굴로 맹세코 다시는 시체에 손을 대는 일은 없을 것이라 소리쳤다.

어느 날 아침, 명색이 삼림관리인이었지만 실상 밀렵꾼 노릇을 하던 아버지는 여느 때와 마찬가지로 집을 나섰다. 어깨에는 배낭과 덫 몇 개를 짊어진 채였다. 아침마다 그랬듯 그는 현관을 나서면서 '다녀올게!'라고 했다. 하지만 그날 저녁은 물론이고 그 후로 그를 본 사람은 아무도 없었다. 신고를 받고 수색에 나선 경찰은 열흘쯤 지나자 수색을 포기했다. 그리고 이렇게 물었다. 남편분이 시내에 아는 사람이 없는 게 확실합니까? 젊은 아가씨라든가 말입니다. 남자가 실종될 때는 주로 그런 이유죠. 몸이 근질근질해져서 욕망이 솟구치는, 살아 있는 기분을 느끼고 싶었던 게 뻔해요. 흔한 일이죠. 결국 아버지의 흔적도, 지문도, 시체도 발견되지 않았다. 테레즈 르카르도넬은 그나마 조금 남아 있던 삶의 기쁨을 삽시간에 잃고 말았다. 그녀는 매일 저녁마다 남편이 퇴근하던 시간이 되면 게걸스럽게 마티니를 들이켜기 시작했다. 그러더니 점차 병을 따는 시간이 빨라졌고 급기야 남편이 집을 나서던 이른 아침부터 마시기 시작했다. 처음에는 (알코올 도수 18도의) 베르무트 주*를 마셔도 좀 더 유쾌해질 뿐이었지만(나중에 아르튀르 드레퓌스는 그런 시절이 있었다는 것에조차 어떤 향수를 느꼈다), 술은 점차 그녀를 우울하게 만들었고 급기야 「열려 있는 창문」**에서처럼 시도 때도 없이 남편의 귀신을 보게 되었다. 귀신은 점점 다양해졌다. 네 발이 달린 육식 동물 귀신. 클레오파트라 역을 했던 미국 여배우 귀신. 팔뚝만 남아 돌아다니는 귀신. 먼지 같은 눈꺼풀로만 남은 귀신…….

아르튀르 드레퓌스는 간혹 밤에 에디트 피아프의 슬프고 거친 목소리가 들릴 때면 어머니가 빠져 있는 암흑이 어떤 것일지 상상하며 자기 방에 틀어박혀 울었다. 행여 이러다가 어머니마저 잃게 될까 무서웠지만, 막상 어머니에게 혼자 남게 될까 두렵다는 말을 하지 못했다. 그는 어머니에게 사랑한다고도 말하지 못했다. 그 말 또한 그토록 하기 어려웠다.

학교에서 아르튀르 드레퓌스는 딱 평균적인 아이였다. 누구나 쉽게 다가갈 수 있는 친구였다. 유행이 돌아온 오슬레 놀이***를 하면 그가 언제나 일등이었다. 또 여자아이들에게 인기가 많아서 반에서 두 번째로 잘생긴 아이로 뽑히기도 했다. 제일 잘생긴 아이

---

* 포도주에 약재를 가미한 혼성주. 주로 식전 주로 가볍게 마신다. 마티니의 베이스로 쓰인다.
** 벨기에 출신의 누아르 소설의 대가 조르주 심농의 단편 작품.
*** 공기놀이와 비슷한 놀이.

란 타이틀은 어둡고 우울한 분위기가 감도는 키 큰 녀석에게 돌아
갔다. 그 녀석은 피부는 파리할 만큼 투명했고 가위로 따라 자를
점선처럼 보일 정도로 잔뜩 귀를 뚫어 놓았다. 목에는 밧줄을 빙
두른 듯 문신을 했는데 진탕 취한 다음에 프랑수아 비용*의 「목 매
달린 자들의 발라드」라도 읽었던 모양이었다. 무엇보다도 그는 시
인이었다. 뚝뚝 끊기는 운율, 애매한 음조, 멍청한 낱말의 나열이
그가 읊조리는 시의 특징이었다. '삶은 부패요, 죽음은 웃음을 위한
것' 이런 식이었다. 여자아이들은 여기에 열광했다.

　아르튀르 드레퓌스의 유일한 약점은 체육 수업 시간에 드러났
다. 아르튀르의 반에는 가슴이 80E컵인 리안 르고프라는 여자아이
가 있었다. 그 정도면 글래머의 역사에 오른 제인 맨스필드나 현역
최고인 크리스티나 헨드릭스 수준이었다. 그런 리안이 체조용 안마
에 뛰어오르는 것을 본 순간 아르튀르는 그만 정신을 잃고 말았다.

　쓰러진 아르튀르의 눈두덩이 안마의 금속 다리에 부딪혀 살짝
찢어지고 한 방울의 피가 솟아났다. 상처는 우아하게 꿰매졌고, 이
때부터 그는 황홀한 현기증에 대한 은밀한 추억을 눈썹 아래 간직
하게 되었다.

　아르튀르 드레퓌스는 책 읽는 것을 싫어하지 않았다. 오히려 그
반대였다. 영화나 TV를 보는 것 또한 좋아했다. 그중에서도 시리

---

* 13세기에 살았던 프랑스의 시인.

즈물을 특히 좋아했다. 보다 보면 등장인물들에게 가족 같은 친근감이 느껴지기 때문이었다. 다른 취미도 있었다. 엔진이나 기계장치는 무엇이든 해체하고 또 조립하기 좋아했다. 그래서 사람들은 그에게 기계에 대한 설명서를 해석해 달라고 부탁했다. 학교는 롱에 위치한 여러 브랜드의 자동차를 취급하는 자동차 정비소 파스칼 페이앵, 즉 PP 정비소에서 연수를 받을 기회를 마련해 주었다. 아르튀르는 이곳에서 시집 한 권 그리고 손가락에 검은 기름때가 찌들도록 열정을 바치게 될 직업을 얻었다.

아르튀르가 고장 난 자동차를 수리할 때 숙녀들은 '자기는 천재에다가 미남이야'라며 찬사를 연발했고, 신사들은 '이봐, 친구. 나한텐 더 중요한 일이 많으니까 빨리빨리 하게'라며 다그쳤다. 이 직장 덕분에 그는 얼마 지나지 않아 아이-르-오-클로셰 방향의 32번 지방도로에서 한참 떨어져 있는 마을 외곽의 작은 집(67제곱미터, 2층)을 대출을 끼고 살 수 있게 되었다.

이 인근은 바람이 강하게 부는 날이면 르귀프 빵집에서 풍겨 오는 따끈한 크루아상과 적갈색 시럽을 얹은 브리오슈 빵 향기가 주변을 가득 채운다. 하지만 그 잊지 못할 날 아침에는 한 점의 바람도 불지 않았다. 그리고 바로 그날 이 작은 집의 문을 스칼렛 요한슨이 두드렸던 것이다.

이리하여 마침내 이야기는 원점에 이른다.

스칼렛 요한슨은 녹초가 된 듯 보였다.

투톤의 머리칼은 정리되지 않은 채 아무렇게나 흐트러져 있었는데, 마치 슬로우 모션을 누른 것처럼 천천히 흘러내리고 있었다. 부드러운 입술에는 그녀의 유명한 립글로스가 발라져 있지 않았다. 마스카라는 시커먼 숯 자국처럼 눈 밑에 번져 어두운 다크서클을 그리고 있었다. 손에 들려 있는 알록달록한 루이비통 가방은 색감이 튀어 모조품처럼 보였다. 헐렁한 스웨터를 걸치고 있었는데 아르튀르 드레퓌스는 이 점이 못내 아쉬웠다. 부대 자루 같은 스웨터라니, 불공평하기 그지없는 노릇이었다. 삼척동자도 아는 이 여배우의 매혹적이고 뇌쇄적이기까지 한 몸매가 전혀 드러나지 않았기 때문이다.

이제 아르튀르 드레퓌스의 차림새를 살펴보자. 그는 평소 TV를 볼 때 즐겨 입는 차림이었다. 흰색 러닝셔츠에 스머프 그림이 그려져 있는 박스형 팬티를 입고 있었던 것이다. '더 잘생긴' 라이언 고슬링다운 모습은 아니었다.

하지만 서로를 마주한 순간, 두 사람은 상대에게 미소를 지었다.

서로 아름답다고 생각했던 것일까? 마음이 놓였던 것일까? 아니면 아르튀르는 이 갑작스런 노크 소리가 어느 차의 실린더 접합부가 부서지거나, 연결봉이 부러지거나, 유량계에 이상이 생겼다는 등의 응급상황이라고 생각했다가 안심이라도 했던 것일까? 그녀는 현관문 뒤에서 변태나 추남, 아니면 주름이 자글자글한 사람이 나올 것이라 예상했던 것일까? 어찌되었건 이 두 사람은 뜻밖인 상대방의 모습에 놀라면서도 기쁨을 감추지 못하며 서로에게 미소 지었다. 이로써 아르튀르 드레퓌스는 태어나서 두 번째로 첫눈에 반했다. 즉 손바닥이 땀으로 축축해지고, 맥박이 비정상적으로 빨라지고, 땀방울이 구슬처럼 흘러내리고, 등골이 서늘해지고, 혀가 까슬까슬하고 끈끈해졌다. 바짝 마른 그의 입에서 사전에도 없는 말이 튀어나왔다.

코민Comine.

(까다로운 언어 감각을 지녔거나 지리에 관심이 많은 독자들을 위해 이 대목에서 정확히 짚고 넘어가야겠다. 벨기에와의 접경 근처에 있는 프랑스 북부에는 실제로 코민Comines이라는 이름의 도시가 존재한다 — 아마도 축제준비 위원회를 다섯 개 이상 가동시켜야 분위기를 들썩이게 만들 수 있을 정도로 거의 혼수상태에 빠진 작은 도시인 듯하다 — 그렇지만 이 도시와 이 책의 이야기와는 전혀 무관하다.)

아르튀르 드레퓌스는 자기 집 현관 앞에 서 있는 스칼렛 요한슨을 발견한 순간, 코민이라는 수줍은 한마디야말로 가장 적절하고 매너 있으며 예쁜 말이라고 본능적으로 느꼈다. 그가 평소 보던 미국 드라마에 따르면 그 말은 '어서 들어오세요'라는 뜻이었기 때문이다.

더군다나 세상 어떤 남자가, 러닝셔츠에 스머프 팬티를 입었을지언정 영화 〈사랑도 통역이 되나요?〉의 그 눈부신 주연에게 들어오라고 하지 않겠는가?

이 대단한 여배우는 th 발음을 하느라 입술 사이로 장밋빛 혀끝을 살짝 내보이며 *고마워요Thank you*라고 속삭이고는 안으로 들어왔다.

다시 그의 심장이 더욱 빠르게 뛰기 시작했고 손에는 땀이 났다. 그는 이러다가 죽을지도 모르지만 행복한 죽음일 거라 생각하며 현관문을 살짝 닫았다. 그 전에 혹시 밖에 카메라나 보디가드, TV 방송국의 몰래카메라가 있는 것은 아닌지도 슬쩍 둘러보았다. 그리고 여전히 마음을 놓지 못한 채로 문을 걸어 닫았다.

2년 전, 경찰이 코크렐 마을 근처를 지나는 D112 국도 위에서 다섯 차례나 전복된 푸조 406의 차체를 PP 정비소로 가져와 감정을 받았다.

때는 밤이었다.

운전자는 과속을 했다. 그러다 별것 아니라고 여겼던 젖은 도로에 당황했던 것 같았다. 프로비지옹 연못을 따라 뻗어 있는 국도는 아스팔트 상태가 엉망인 데다 비가 오면 축축한 해초를 깔아 놓은 것처럼 미끄러웠다. 차에 타고 있던 두 사람은 그 자리에서 숨졌다. 소방관들은 운전석에 타고 있던 남성을 꺼내기 위해 그의 다리를 잘라야 했다. 조수석에 있던 여성은 차의 앞 유리창에 얼굴이 짓이겨졌는데, 유리의 깨진 틈에는 금발머리 한 움큼과 피가 고여 있다. PP 사장의 지시에 따라 차량 잔해의 내부를 살펴보던 아르튀르 드레퓌스는 조수석 좌석 아래에서 시집 한 권을 발견했다. 그는 거

23

의 반사적으로 시집을 작업복의 커다란 주머니에 숨겼다. 두 사람이 막 목숨을 잃은 자동차 안에 도대체 왜 시집이 있었을까? 자동차가 비틀거리는 순간 조수석에 앉았던 여자가 운전 중이던 남자에게 시를 읽어 주고 있었던 것일까? 이 사람들은 누구일까? 헤어졌던 사이였을까? 그러다 다시 만난 것일까? 둘이 같이 끝을 보기로 했던 것일까?

그날 밤 그는 집으로 돌아와 홀로 그 시집을 펼쳤다. 그 순간 그의 손가락은 살짝 떨렸다. 장 폴랭*이라는 사람이 쓴 그 시집의 제목은 『실존』이었다. 책은 페이지마다 여백이 많았다. 종이의 한가운데에 마치 글자로 밭고랑을 파 놓은 것처럼 짧은 시구절이 몇 줄 있었다. 그는 그중에서 단순하지만 매우 심오한 의미를 지니고 있는 것 같아 보이는 구절을 읽었다. 예를 들면, 아버지를 떠올리게 하는 이런 구절도 있었다.

(……) 그리고 그렇게도 강한 그의 팔 아래로
나무는 전혀 쳐다보지 않은 채
그는 온 세상을
거칠게 지탱해 주었다.**

---

* 1903-1971, 프랑스의 시인이자 저술가, 법률가.
** 「아틀라스」, 『영토』, 장 폴랭, 갈리마르, 1953.

24

또 느와이야와 어머니에 대한 이야기처럼 보이는 구절도 있었다.

(……) 여기 어려서 죽은 여자와
홀몸이 될 여자가 있다.*

이 책에는 아르튀르가 이해하지 못하는 단어는 하나도 없었지만, 그는 이 시들이 말을 배열하는 방식을 보고 감탄했고 또 혼란스러웠다. 익숙한 단어들이 구슬처럼 다양한 방식으로 꿰어져 세상을 다르게 보게 만들었고 흔한 것의 치명적인 매력을 느끼게 만들었으며 단순함의 고귀함을 볼 수 있게 했다.

몇 달이고 책장을 넘기며 그는 계속해서 경이로운 단어의 조합을 맛보았다. 그리고 혹시라도 어느 날 어떤 특별한 사람이 그의 현관문을 두드린다면, 이 아름답게 나열된 말들이 그 순간 그 사람의 마음을 살 수 있을지도 모른다고 생각했다.

1984년 11월 22일에 뉴욕에서 태어난 눈부시게 아름다운 미국 여배우 스칼렛 요한슨이 1990년에 태어나 프랑스 롱에 살고 있는 자동차 정비공 아르튀르 드레퓌스 앞에 깜짝 등장한 2010년 9월 15일 수요일 저녁 7시 47분이 바로 그런 순간이었다.

그런데 이게 도대체 어떻게 된 일일까?

---

* 「아이들」, 『영토』, 장 폴랭, 갈리마르, 1953.

왜 시어들이 떠오르지 않는 걸까? 왜 꿈은 이루어지는 순간 사람을 마비시키는 걸까? 왜 그의 입에서 가장 먼저 나온 말이 프랑스어를 할 줄 아느냐는 것이었을까? 아르튀르 드레퓌스는 얼굴이 빨개진 채 프랑스어로 천천히 덧붙였다. 저한테 영어는 중국어와 별반 다를 게 없어서요.

그러자 스칼렛 요한슨이 우아한 몸짓으로 고개를 들고 대답했다. 아주 희미한 미국식 억양만이 남아 있는, 라뒤레*의 마카롱처럼 섬세하고 달콤한, 사랑스러운 말투였다. 로미 슈나이더와 제인 버킨의 억양이 교차하는 말투 같기도 했다. 그럼요, 제 친구 조디처럼 저도 프랑스어를 할 줄 알아요. 조디 포스터라니! 아르튀르 드레퓌스는 크게 놀라 소리를 질렀다. 조디 포스터와 친구 사이군요! 그런 다음 어깨를 으쓱하더니 혼잣말로, 물론 혼잣말로, 나 참 바보같군 하고 중얼거렸다.

대부분의 남자들은 이런 만남이 실현되었을 때 처음에는 지성이 발휘되기보다는 머리가 멈춘다. 하지만 여자들은 그런 남자를 보듬어 기를 세워 주고 자신감을 줄 줄 안다.

스칼렛 요한슨은 그에게 미소를 지은 다음, 살짝 한숨을 쉬는 듯 마는 듯했다. 그러더니 입고 있던 헐렁한 손뜨개 스웨터를 벗었는데 그 자태가 〈이창〉에서 작은 핸드백을 열어 네글리제를 꺼내던

---

* 파리의 고급 제과점.

그레이스 켈리와 같이 우아했다. 멋진 집이군요. 여배우가 낮은 목소리로 말했다. 정비공의 심장이 또다시 고동쳤다. 옷을 아주 가볍게 입고 있었는데도 갑자기 덥다고 느꼈다. 그는 현기증이 나는 듯 잠시 눈을 감았다. 달콤하면서도 동시에 소름이 돋는 기분이었다. 부엌에서 벌거벗고 춤추던 어머니의 모습이 떠올랐다. 다시 눈을 뜨자, 꼭 맞는 뷔스티에를 입고 있는 뉴요커 여배우의 모습이 보였다. 레이스 끈이 달린 진주빛의 실크 뷔스티에는 마치 장갑처럼 그녀의 가슴을 감싸고 있었다. (아르튀르는 트렁크 팬티 아래로 훤히 드러난 다리를 꼬면서 흥분을 진정시켰다.) 그런데 배꼽 주변에 살짝 나온 탐스러운 뱃살이 보였다. 통통한 도넛 모양의 구릿빛 살을 보고 그는 거의 충격과 감동을 받았다. 집이 따뜻하네요. 여배우가 속삭였다. 아, 네, 네. 더듬거리며 대답하던 아르튀르 드레퓌스는 실제 삶 속에는 훌륭한 대본 작가가 없다는 점이 갑자기 안타까웠다. 미셸 오디아르*의 남자다운 독백이나 앙리 장송**의 효과 만점 대사가 준비돼 있었다면 얼마나 좋았을까!

두 사람의 눈이 또 마주쳤다. 창백한 편인 그의 얼굴이 수줍음 때문인지 점점 붉어졌다. 가공할 만한 장밋빛 안색의 그녀는 완벽한 바비 인형이었다. 그들은 동시에 헛기침을 하더니 또 동시에 말

---

* 프랑스의 전설적인 시나리오 작가이자 영화감독이며 칸 황금종려상을 받은 감독 자크 오디아르의 아버지.
** 세계 1, 2차 대전에서 활약한 기자이자 유명 각본가.

을 시작했다. 먼저 말하세요. 그의 말에 그녀가 다시 입을 열었다. 아뇨, 먼저. 그는 또 헛기침을 살짝 했다. 시간을 좀 벌어서 시인처럼 머릿속에 있는 단어들을 모아 예쁜 문장을 새로 만들어 볼 생각이었다. 하지만 결국엔 그 안에 있는 정비공이 시인을 이겼다. 당신은…… 아니…… 혹시 망가졌나요? 그의 질문에 스칼렛 요한슨은 그만 웃음을 터뜨렸다. 그는 속으로 생각했다. 맙소사, 이렇게 아름다운 웃음도 있다니. 치아는 또 얼마나 하얗고. 아뇨, 망가지지 않았어요. 아르튀르는 겨우 정신을 붙들고 설명을 덧붙였다. 왜 물어봤냐 하면 제가 자동차 정비소에서 일하거든요……. 망가진 사람들을 고쳐 주거든요. 몰랐어요. *I didn't know.* 그녀가 말했다. 아, 그러니까 제 말은 사람들의 망가진 차를 고쳐 준다는 뜻이에요. 저는 여기에 차가 없어요. 그녀가 말했다. 대신 고속버스를 타고 왔어요. 로스앤젤레스에는 다른 사람들처럼 하이브리드 차가 한 대 있어요. 하지만 그 차는 진짜 엔진이 없어서 그런지 절대 고장 나질 않네요.

그녀가 말을 마치자 잠시 침묵이 흘렀다. 실종되기 전에도 과묵했던 아버지 밑에서 자란 아르튀르는 젖먹던 힘까지 쥐어짜 자리에서 일어났다. 그리고 거의 떨리지 않는 목소리로 물었다.

"여기서 무얼 하고 있는 건가요, 스칼렛? 아, 죄송합니다. 마담*?"

---

* 프랑스어에서 마담은 기혼, 미혼 여성 모두에게 쓰이는 경칭.

여기서 잠시 되짚어 보자.

미국의 인기 연예 프로그램에서 선정한 '헐리웃에서 가장 아름다운 가슴'을 가진 여배우가 바로 스칼렛 요한슨이다. (이 분야에 대해 호기심과 관심이 있는 분들을 위해 덧붙이자면, 2위는 셀마 헤이엑, 3위는 할리 베리, 4위는 제시카 심슨, 5위는 제니퍼 러브 휴잇이 차지했다.) 그녀는 2004년부터 2006년까지 배우 조쉬 하트넷과 탄트라 밀교식으로 성관계를 하며 떠들썩하게 사귀었다.

그 후 2007년에 그녀는 뉴욕에 있는 한 영화관에서 라이언 레이놀즈를 만났다.

그리고 순애보가 시작된다.

당시 스물세 살이었던 스칼렛 요한슨은 새 애인의 서른한 번째 생일에 자신의 사랑니를 금으로 도금해서 선물했다. 목걸이로 만들어 걸고 다니라는 뜻이었다. 이 목걸이는 먼저 유행했던 상어 이빨 목걸이보다 독특했고 아주 트렌디했다. 보통 이런 종류의 선물이 새로 시작한 사랑의 품위를 떨어뜨린다고 생각하는 사람들도 예외를 인정할 수밖에 없을 정도였다. 사랑에 빠진 이 두 젊은 남녀는 스칼렛 어머니의 극심한 반대에도 불구하고 2008년에 약혼한다. 그런데 이 풍만한 여배우는 바로 2008년 1월에 이렇게 선포하지 않았던가? "전 아직 결혼할 준비가 안 됐어요. *I am not ready for the Big Day.*" 하나 그게 뭐가 대수겠는가. 2008년 9월, 캐나다인 신랑과 미국인 신부는 밴쿠버에서 결혼식을 올렸다. 하지만 빠르게 진전된 이 커플의 사랑은 어찌나 변함없었는지 보통 3년은 간다는 사랑의 유효기간에 한참 못 미쳐 금이 가기 시작했다.

더 이상 버틸 수 없었어요. 스칼렛 요한슨이 말을 이어갔다. 아르튀르 드레퓌스는 그녀에게 커피향이 나는 리코레 차*를 연거푸 두 잔 따라주고 크로 맥주를 집어 들었다. 도저히 더 견딜 수가 없었어. 그녀가 혼잣말하듯 중얼거렸다. 바람을 좀 쐬고 싶어서 혼자 도빌 아메리칸 영화제에 가려고 여기 온 거예요. 아니, 도빌은 여기서 180킬로미터나 떨어져 있는데요! 난처해진 아르튀르 드레퓌스가 내뱉었다. 저도 잘 알고 있어요. 하지만 막상 도빌에 도착하고 나니 두려웠어요. 갑자기 더 낮아진 목소리로 그녀가 속마음을 털어놓았다. 여기까지 와서 또 스포트라이트spotlight를 받고 싶지는 않았어요. (스포트라이트라고 말할 때 그녀는 사탕을 빨듯 발음했다. 작은 침방울 거품이 입술 위에서 터졌다.) 더군다나 영화제에 제 영화가 출품된 것도 아니었으니까요. 그래서 고속버스에 올라탔어요. 사람들 몰래 투케로 갈 생각이었죠. 그리고 작은 호텔 앞에서 내렸고, 보시다시피 이렇게 되었네요.

이렇게 되었다니요?

이렇게 여기 와 있다고요.

하지만 여기는 투케가 아니라 롱이에요. 연못이 있고, 밤이 되면

---

* 커피와 거의 유사한 향과 맛을 느낄 수 있지만 카페인이 없어서 커피 대용으로 즐길 수 있는 치커리 차. 네슬레에서 인스턴트 차로 간편하게 타 먹을 수 있도록 나온 제품.

물 위에서 춤추는 물동구리나 밤마다 우는 새도 있고 벌레 우는 소리도 들리지만 여기에는 바다가 없어요.

당신 참 귀엽군요. You're so cute.

그러니까 2010년 9월, 스칼렛 요한슨은 부부 사이가 삐걱대자 도피에 나선 것이었다. (그녀는 석 달 후 이혼을 청구했다. 그 뒤 아역배우 출신인 키런 컬킨과 파리에서 대수롭지 않은 불장난을 한 다음, 한창 주가를 올리던 조너선 리스 마이어스와 번개처럼 사랑에 빠지더니, 숀 펜과 염문을 뿌렸다. 숀 펜은 마돈나, 수잔 서랜든, 로빈 라이트, 엘리자베스 맥거번, 브리짓 닐슨, 엘 맥퍼슨, 주얼 등 할리우드의 특급 배우며 가수들과 연이어 사귄 후 일시적으로 여유가 있던 참이었다.)

결국 스칼렛 요한슨은 애초에는 제36회 도빌 아메리칸 영화제에 갈 생각이었지만 마지막 순간에 방향을 바꿨다는 얘기였다.

누군가가 찾아 주기를 바라면서 일부러 길을 잃는 많은 불행한 사람들처럼 말이다.

그들은 동맥을 끊으려 하지만 너무 얕게 베거나, 약을 먹는데 복용량을 잘못 계산해서 덜 먹거나 한다. 그리고 언제나 전화를 걸어 울부짖다가, 마지막에는 가느다란 목소리로 알아들을 수 없는 말을 횡설수설한다.

러닝셔츠에 스머프 팬티를 멋지게 차려입은 아르튀르 드레퓌스는 이야기를 들으며 크로를 하나 더 따더니 이번에는 스칼렛 요한슨에게 건넸다. 그리고 다시 한번 물었다. "여기서 뭘 하고 있는 건가요, 스칼렛?"

그냥 며칠 동안 쥐도 새도 모르게 사라지고 싶어요.

창밖에서는 하루가 사라지고 있었다.

이 고백에 아르튀르 드레퓌스의 마음이 움직였다.

그리고 한순간에 결심이 섰다. 이 불행한 여배우를 돕고 보호하며 숨겨 주고 구해 주리라. 아무도 모르게 이 슈퍼스타를, 이 아름다운 도피자를 돌볼 것이다. 그는 여느 영화에서처럼 선한 영웅이 되기로 결심했다. 영화에서는 평소에는 범접하기 어려운 여성들이 평범하지만 다정한 남자의 어깨에 기대어 울고 자신의 비극적인 사연을 털어놓으며 돌고 돌아 마침내 그와 사랑에 빠지곤 했다. 아르튀르도 그런 든든하고 따뜻한 영웅이 될 작정이었다.

그 결과 그의 인생이 바뀐다면? 그야 유감스럽더라도 어쩔 수 없는 일 아니겠는가.

그래서 그는 헐리웃에서 가장 아름다운 가슴을 가진 여배우에게 침대를 양보했다. 자신은 소파에서 자면 그만이었다.

아르튀르 드레퓌스는 스칼렛에게 집 구경을 시켜 주었다. 이 소파는 (이케아에서 구입한) 3인용 엑토르프 소파인데, 가격이 2인용과 40유로밖에 차이가 나지 않았어요. 그는 설명을 이어갔다. 날씨가 좋아서 우리 정비소의 PP 사장과 집 밖에서 같이 소파를 조립했어요. 그런데 팔걸이까지 조립을 다 마쳤더니 현관을 통과하지 못하더라고요. 사장님은 화가 머리끝까지 치밀어 올라서 현관문을 떼어 냈어요. 결국 소파를 밀어 넣는 데는 성공했지만 뒤쪽 천이 조금 뜯어졌어요. 다행히 잘 보이지는 않아요. 그 옆에 있는 건 버들 가지로 엮은 안락의자와 탁자예요. 둘 다 중고로 샀어요. 거실 주변은 꽤 어질러져 있었고 싱크에도 더러운 접시들이 쌓여 있었다.

오늘 당신이 방문할 줄 몰랐거든요. 그가 미안하다며 웃자 그녀의 얼굴이 빨개졌다. 2층에는 하늘색 타일로 꾸민 욕실에 주철로 된 커다란 욕조가 놓여 있었다. 마치 타일의 바다에 떠 있는 작은 여객선처럼 보였다. 화장실은 그냥 넘어가요. 아차차, 속옷과 양말은 이렇게 치워 버렸고. 여기 깨끗한 수건 두 장을 드릴게요. 더 있으니 필요하면 말씀하세요. 목욕장갑도 새 거예요. 아니, 그렇다고 제가 목욕을 안 하는 사람은 아니에요. 그녀는 다 이해한다는 듯 특유의 매혹적인 미소를 지었다. 여기 샴푸, 새 비누가 있어요. 부드러운 아몬드 오일로 만들었다고 쓰여 있네요.

3층에는 그의 방이 있었는데 전형적인 남자의 침실이었다. 작은 창문 밖에는 달빛이 비쳤다. 벽에는 F1의 전설 미하엘 슈마허와 아이르통 세나의 사진과 데니스 리처즈나 누드로 포즈를 취한 메간 폭스, 휘트니 휴스턴 같은 할리우드 스타들의 포스터가 붙어 있었다. 또 닷지 바이퍼*의 V10 엔진과 포르쉐 911의 6기통 엔진의 단

---

* 크라이슬러에서 출시한 미국산 슈퍼카로 페라리, 람보르기니를 제치고 우승한 적도 있다.

면도가 걸려 있었다.

내 사진은 없어? 스칼렛 요한슨이 아르튀르를 도와 침대 시트를 갈면서 장난스럽게 물었다. 그녀의 말투는 어느새 편해져 있었다. 그의 얼굴이 붉어졌다.

그녀와 함께 침대를 정돈하다니. 순간 그는 이런 상황이 당황스럽게 느껴졌다. 스칼렛 요한슨과 침대를 어지럽히는 꿈을 꾸지 않는 남자는 세상에 없을 텐데, 그는 오히려 정돈하고 있었다.

지금 무슨 생각을 하는지 알아. 그녀가 속삭였다. 아주 감동적이야. 고마워. 이 말에 그는 그저 수줍게 미소를 지어 보였다. 그녀의 그런 속삭임을 어떻게 받아들여야 할지 잘 몰랐기 때문이다.

그녀를 방에 남겨 두고 나와 3인용 엑토르프 소파에 눕기 전에, 그는 그녀에게 아침 식사로 무엇을 먹고 싶은지 물었다. (아메리카노 한 잔과 프랑스식 크루아상 하나. 부탁해. Please.) 그런 다음 이들은 세상에서 가장 자연스러운 모습으로 잘 자라는 인사를 나누었다. 그런데 예상치 못한 이런 친밀함(잘 자. Good night)에 행복을 느끼는 것도 잠시, 아르튀르는 괴로웠던 어린 시절에 잃어버린 무언가가 떠올라 슬픔에 잠겼다.

그가 어린 시절에 잃어버린 것은 바로 이처럼 순수하고 편안한 애정이었다.

물론 아르튀르 드레퓌스는 잠을 잘 이루지 못했다. 아니, 이 상황에서 어떻게 잠이 오기를 바라겠는가.

그는 욕실에서 물 흐르는 소리를 들으며 상상에 빠졌다. 그녀의 손안에 고여 있는 물, 목을 감싸고 있는 손, 젖가슴 위의 손, 피부 위로 흘러내리는 물, 냉기를 느끼고 오싹해진 살갗. 지금 스칼렛 요한슨이 바로 아르튀르의 머리 위에서 아마도 벌거벗은 채 그의 침대, 그의 이불 안에 있다. 그와 그녀 사이에 가로놓여 있는 것은 서른아홉 개의 층계가 전부다. 침실의 문은 잠글 수도 없다. 집이 외딴 곳에 있어 이웃도 없고 소리 지른다 해도 아무도 들을 수 없었다. 헬리콥터도, 맹목적인 추격도, 미국 영화에 나오는 괴물 같은 검은색 4륜 구동차도 없다. 종적을 감춘 대스타를 추적하는 무리도 전혀 보이지 않고, 그렇다고 이 상황이 어떤 어마어마한 스케일의 몰래카메라도 아닌 것 같았다. 전부 진짜다. 무시무시하리만치 실제 상황이다.

오직 침묵만이 흐르고 있다.

밤이면 마을 사람들을 두려움에 떨게 하는 바로 그 침묵만이 말이다. 사람들은 연못, 움직이는 그림자, 사람들의 거짓을 밝게 비추는 달 때문에 겁을 먹는다. 실종된 밀렵꾼들에 대한 전설에 사람들은 불안에 빠진다. 폴랭의 시구 '그런 부류의 야수들은 모두/자신 안에 살고 있다'*에 등장하는 그런 야수들에 대한 전설이 사람들을 두렵게 한다.

---

* 『야수』, 『실존』, 장 폴랭, 갈리마르, 1947.

35

침묵이 있을 뿐이다.

아르튀르의 욕망이 있을 뿐이다.

아르튀르의 두려움과 축축하게 젖은 그의 손이 있을 뿐이다.

뭐가 어떻게 된 건지 도무지 이해하지 못하는 그는 이 상황이 새삼 거북하다. 그리고 갑작스레 화가 치민다. 도대체 그녀는 여기서 뭘 하고 있는 것이란 말인가. 이건 말도 안 돼, 말도 안 돼. 바로 이때 혼돈의 틈바구니를 지혜가 비집고 들어오더니 돌파구를 마련해준다. 지혜가 알려준 돌파구는 별다를 것 없다. TV. 사실 TV 말고 다른 방법은 없다.

그는 TV를 켜고 프랑소아 다미앙이 나오는 영화, 유명 MC 로랑 뤼퀴에의 새 프로그램, 인기 프로듀서 도미니크 캉티앵의 복귀작 같은 것들을 닥치는 대로 본다. 하지만 광기는 아르튀르의 귀를 막은 채 여전히 위협을 가한다. 스타가 피와 살을 가진 진짜 사람이 되어 다가온다고? 이런 건 꿈도 아니다. 아르튀르도 뭔가 잘못되었다는 걸 잘 알고 있었다. 스칼렛 요한슨이 초인종을 누르고, 미소 짓고, 그의 이불 속에서 잠들다니. 뭔가 이유가 있는 게 분명했다. 마술사들이 예쁜 여성들의 사지를 자르고 머리를 떼어낸 다음, 그 아가씨들을 웃으면서 다시 부활시킬 때처럼 이 환상에도 뭔가 교묘한 트릭이 있는 게 분명했다.

시간이 흐른다. 마침내 아르튀르는 결심했다. 하지만 곧 소심해지기 시작했다. 어떤 남자도 실패를 좋아하지는 않는다. 이번에는

'혹시?' 하는 생각이 스며든다. (만약, 만약에 그녀가 싫다고 하지 않는다면?) 결국 그는 까치발을 하고 조용히 계단을 오른다. 일곱 번째, 열세 번째, 열다섯 번째, 스물두 번째, 스물세 번째 층계는 삐걱거리기 때문에 건너뛴다. 스물여덟 번째는 덫에 걸린 쥐가 우는 듯 끽끽대기 때문에 건너뛴다. 그는 치한 취급을 당하는 위험을 무릅쓰고 싶지 않다. 그런데 문득 아르튀르의 두려움이 가라앉는다. 그녀의 숨소리가 들리기 때문이다. 덫에 걸린 쥐를 먹어치우고 막 잠든 고양이처럼 달콤한, 아주 달콤한 코 고는 소리가 들린다. 그러자 그녀의 연약함에, 상처받기 쉬울 것 같은 모습에 그의 마음이 움직인다. 이제 '내 침대에 누워 있는 여자', 스칼렛 요한슨은 세계적 섹스 심벌이 아니라 잠이 든 한 여자일 뿐이다.

그저 잠이 든 한 여자일 뿐이다. 그저 잠자는 예쁜 여자일 뿐이다.

아르튀르 드레퓌스는 몽유병환자처럼 천천히 계단을 내려갔다. 그를 배반할 위험이 있는 층계는 밟지 않으려 조심하며 내려와 소파에 몸을 던졌다.

'아빠, 아빠가 나라면 어떻게 할 거예요? 어떻게 할 거냐고요. 말해 줘요. 얘기해 줘요. 아빠는 어디 있는 건가요? 밤에 가끔 날 보러 오나요? 아직 내 생각을 하나요?'

'아빠는 우리를 떠난 건가요? 아니면 길을 잃었던 건가요?'

오전에 PP 정비소에서 아르튀르 드레퓌스는 르노 클리오의 엔진오일을 교환하고 레벨을 체크했고, 거의 골동품급인 1986년형 푸조 205 GTI의 실린더 링을 교체했으며, 귀엽게 생긴 도요타 스탈렛의 타이어 수평상태 점검까지 마쳤다. 스탈렛. 그 이름에 아르튀르 드레퓌스는 살며시 미소를 지었다.

이 정비소도 여느 정비소와 마찬가지로 평범했다. 입구의 목재로 된 커다란 문에는 색이 바랜 기다란 글씨체로 '페이앵 자동차 정비소'라고 적혀 있다. 내부는 마치 기계들의 소굴 같았다. 동력전달장치, 수십 개의 펑크 난 타이어와 반짝이는 기름통, 기름에 절은 장비며 바르타 상표가 찍힌 전구 포장지 등이 널렸고 끈적끈적한 지문 자국과 때가 사방에 덕지덕지 묻어 있었다. 에나멜 칠을 한 번호판과 비돌, 올라쥐르, 에솔루브표 엔진오일, 구식 급유대도 있었다. 안쪽에는 시대를 풍미했던 1956년형 생카 아롱드 1300 위켄드 한 대가 덮개가 씌워진 채 보관되어 있었다. PP 사장은 언젠가는 이 차를 전성기 때 모습으로 돌려놓겠다고 맹세했지만 위켄드는 매일 조금씩 녹에 갉아 먹히고 있었다.

마치 꿈을 이루지 못하는 사람들의 영혼처럼.

오전이 반쯤 지나갔을 때, 아르튀르 드레퓌스는 스탈렛 차량을 잠시 시운전한다는 핑계로 몰래 그의 오두막 앞으로 몰고 갔다. 그리고 창문 너머로 스칼렛 요한슨이 아직 집에 있는지 지켜보았다. 혹시 그녀가 악몽을 꾸지는 않았는지, 기자들이 와 있지는 않은지,

소동이 벌어지지는 않았는지 살폈다. 집 앞에는 아무도 없었다. 그리고 부엌 창문으로 넋을 빼앗을 것 같은 실루엣이 오가자, 그는 심장이 터질 듯 뛰는 가운데 행복했다. 폴랭의 시구가 울리는 것 같았다.

쿵
우리 심장이 쿵 하고 내려앉으면
심장과 함께 모든 것이 쿵 하고 내려앉는다

오후 1시쯤, 그는 엘로이즈의 비를 닮은 눈망울과 작고 다부진 트럭 운전사의 말없는 위협 때문에 발길을 끊었던 데데 라프리트에서 샌드위치를 시켜 먹었다. 그런 다음 사장에게 사무실의 컴퓨터를 써도 되는지 물었다. 터보엔진 압축휠을 검색해야 해서요.

하지만 그는 구글 검색창에 '스칼렛 요한슨'이라고 입력했다.

9월 6일, 그녀는 미국에서 의류 브랜드 망고의 광고 사진을 촬영했다.

9월 8일, 그녀가 로스앤젤레스 공항에서 출국하는 모습이 포착되었다.

9월 14일, 그녀는 안경과 모자를 쓰고 검정 레깅스를 입고 회색 숄을 두른 차림으로 프랑스 루아시 공항에 나타났다. 이날 저녁, 모에&샹동이 샴페인의 본고장 에페르니에서 주최한 샴페인의 역사를 기리는 행사에 참석했다. 이 자리에 루이뷔통 드레스를 입고 등장한 그녀는 〈옴 샨티 옴〉으로 스타가 된 인도의 미남 배우 아르준 람팔의 옆에 있는 사진이 많이 찍혔다.

그리고 이것이 전부였다. 더 최근의 정보는 올라와 있지 않았다.

9월 15일 저녁, 그녀는 아르튀르 드레퓌스 집의 현관문을 두드렸다. 하지만 이 사실은 인터넷 어디에도 언급되어 있지 않았다.

이어서 그는 '도빌, 아메리칸, 영화제'를 입력했다.

영화제는 사흘 전인 9월 12일에 이미 끝난 것으로 나왔다. 영화제 심사위원장 엠마누엘 베아르가 최고 수상 작품을 발표하며 막을 내린 터였다. 로드리고 가르시아 감독의 〈마더 앤 차일드〉로, 열네 살에 임신한 카렌이라는 소녀의 이야기를 다루었다. 그리고 영화제는 전 세계에 내년에 다시 만날 것을 기약하며 끝마쳤다. 자동차 정비공 아르튀르 드레퓌스는 검색창을 닫았다. 그의 머리에는 두 가지 의문이 떠올랐다.

스칼렛 요한슨은 무엇 때문에 도빌 영화제에 갔다고 했을까?

그리고 어떻게 단 하루 만에 그녀의 머리카락이 족히 10센티미터나 자랐을까?

그날 저녁, 아르튀르는 집으로 돌아왔을 때 꽤 신경이 날카로워져 있었다. 어쩌면 이 두 가지 의문에 해답을 찾았기 때문인지도 몰랐다. 스칼렛 요한슨은 집에 그대로 있었다. 그녀는 그동안 이 아담한 집안을 정리해 두었고 TV도 본 것 같았다. 아무것도 안 하고 있으면 한나절은 참 길다. (특히 이곳 룽에서는 더욱 그렇다.)

그녀는 치즈 파스타를 준비해 놓고 있었다.

엄마 손맛처럼 마음을 푸근하게 해 주는 음식이야. 컴포트 푸드 *comfort food*. 그녀가 말했다. 날씨가 춥거나 조금 울적할 때, 기분 전환을 하고 싶을 때 미국 사람들이 집에서 가족들과 해 먹는 집밥이지. 그러니까 휴식이 되어 주는 편안한 음식이란 의미다. 어린 시절이 그렇듯 말이다. 적당한 온기가 느껴지는 포근한 이불이 그렇듯, 그리운 사람의 품이 그렇듯.

아르튀르 드레퓌스는 그도 어린 시절을 그리워하는지 곰곰이 생각했다. 반사적으로 느와이야가 떠올랐다. 미처 오빠의 이름을 제대로 불러 볼 시간도 없이 세상을 떠난 아이였다. 느와이야가 오빠를 부를 때의 발음은 아르튀르보다는 부아튀르*voiture*(자동차)에 가까웠다. 혀 짧은 소리로 '아튀르*a-ture*', 아튀르라고 부르곤 했다. 여동생 다음으로는 에디트 피아프의 노래를 들으며 춤추던 어머니가 생각났다. 어머니의 손에는 격정을 일깨워 주는 베르무트 주가 들려 있었다. 그는 실종된 아버지 생각도 했다. 날아가 버리듯 사라진 아버지는 틀림없이 어느 벚나무 가지 위에 올라가 있을 것이다. 그의 어린 시절은 너무도 짧고 공허하고 슬퍼서 더 이상 그렇게 그립지 않았다. 마치 오래 전에 잘려나간 상처 같았다. 다만 이따금 절단된 사지의 상처가 못내 가렵듯, 카티슈나 디스 연못에서 보냈던 추운 아침 시간과 그때 함께했던 아버지의 침묵, 그리고 아버지의 믿음직한 남자 냄새가 그리웠다.

그는 스칼렛 요한슨이 그의 집으로 도망쳐 온 이 초현실적인 상황을 조금씩 받아들이기 시작했으나 한편으로 (흥분되면서도) 너무나 의아했다. (도대체 무슨 이유로? 어떻게?) 그녀는 골든글로브상에 네 번이나 노미네이트 되고, 미국 CBS 방송국에서 수여하는 피플스 초이스 상과 미국의 영화 마니아들이 수여하는 클로트루디스 상을 두 차례에 걸쳐 수상하고, 하버드 대학교 연극동아리 헤이스티 푸딩 시어드리컬스로부터 2007 올해의 여성으로 선정되고, 2003 베니스 영화제에서도 수상한 슈퍼스타였다. 그런 그녀가 그의 집에서 버섯 무늬 행주를 앞치마 대신 허리에 둘러 묶고 치즈 파스타를 오븐에 넣을 준비를 하고 있다니.

무슨 일 있어? 묻는 그녀의 입이 탐스러워 보였다. 배고프지 않아? 배, 배고파요. 아무 일 없어요. 아르튀르 드레퓌스가 더듬거리며 말을 이었다. 그냥 내가 내 옆에, 내 몸과 따로 떨어져서 옆에 서 있는 듯한 느낌이 들어서 그랬어요. 그러니까 내 삶이 아닌 다른 삶을 살고 있는 것 같은 느낌말이에요. 그게 싫어? 아니, 좋아요. 그럼 겁이 나는 거야? 맞아요. 조금 두려워요. 완전히 비현실적인 상황이니까. 제일 신기한 건 집 밖에 흥분한 군중이나 기자, 당신을 보고 만지고 앞다퉈 당신과 사진을 찍으려드는 열혈 팬이 한 사람도 없다는 점이죠. 이곳은 트루 두 쿠*trou dou cou*잖아. 그녀의 어설픈 발음조차 관능적이었다. 그 말에 그가 미소 지었다. 트루뒤 퀼*trou du cul* *이란 말을 알아요? 그럼. 가장 숨기 좋은 곳이라는 뜻이잖아. 아르튀르, 세상에 날 찾으러 여기까지 올 사람이 어디 있겠어? 그럴듯한 논리였다. 아르튀르는 엑토르프 소파의 팔걸이에 앉았다. 난 모든 걸 잊으려고 여기 왔어. 나를 압박하는 온갖 의무들, 내 남편 라이언, 내 소속사, 엄마까지도 잊고 싶어서 왔어. 그녀의 눈에 눈물이 고였다. 단 며칠만이라도 보통의 삶을 살고 싶었어. 단 며칠만이라도. 평생에 딱 한 번, 다른 여자들처럼 지내고 싶었어. *재미없게boring* 느껴질 정도의 삶을 사는 평범한 여자가 되어 보고 싶었어. 월마트에서 닭고기 시식을 나눠 주는 내레이터 모델들처럼 말이야. 사람들이 며칠간 나를 잊어 주길 바랐어. 이름 없는 여자가 되는 거지. 무엇보다 스칼렛 요한슨이 아닌 다른 사람으로 지내고 싶었어. 당신은 이해할 수 있을 거야. 민낯으로, 전날 입었던 티셔츠를 그대로 입고 머리에는 페루산 수공예 모자를 쓰고 외출하면서도, 피플 같은 잡지의 표지에 '스칼렛 요한슨, 우울증에 걸리다' 같은 제목으로 등장할까 봐 걱정하지 않고 싶었어.

그녀는 턱까지 흘러내려 온 맑은 눈물방울을 훔쳤다.

아르튀르, 나는 그저 며칠 동안 조용히 지내고 싶을 뿐이야. 그뿐이야. *Just that.* 겉모습, 환상 따위는 다 지워 버리고 진짜 나 자신

---

* 항문 혹은 멍청이란 뜻의 속어. 여기서는 잘 보이지 않는, 가장 숨기 좋은 곳이라는 뜻이다.

이 되고 싶었어. 별이라도 따겠다는 그런 황당한 바람도 아니잖아.

그뿐이라고. *Just that.*

그러자 다정다감과는 거리가 멀었던 아르튀르 드레퓌스가 자리에서 일어나 스칼렛 요한슨에게 한 걸음 다가서더니 그녀를 안아주었다. 그 순간 그는 그녀가 키는 그리 크지 않지만 가슴은 아주 크다는 것을 알아챘다. 예의상 어느 정도 떨어져서 안았는데도 그녀의 가슴이 그의 가슴에 닿았기 때문이다. 그렇게 여배우는 한동안 흐느껴 울었다. 영어로 몇 마디 하긴 했지만 아르튀르 드레퓌스는 하나도 알아듣지 못했다. 딱 한마디, *fed up*만 귀에 들렸다. 미국 드라마 〈24〉에서는 '지겹다'로 번역되고, 〈더 와이어〉에서는 '신물 난다'로 번역되었던 그 표현이었다. 아르튀르는 정말 신물 나도록 운이 없는 것은 바로 자신이라는 생각이 들었다. 꿈에서 그리던 에로틱한 존재가 인생에 나타나 현관문을 두드린다면, 이 존재가 나를 사랑하고 나에게 키스하고 나를 유혹하고 내가 푹 빠지게 만들기를 기대하는 게 당연하다. 울적해져서 갑작스레 내 어깨에 기대어 울기를 바라지는 않는 법이다.

누구나 빛과 은총을 바란다.

아르튀르는 짧은 시구를 떠올리며 미소 지었다. 그래, 언젠가는 감히 용기를 내리라. '딸의 팔에 기대어/코르셋을 피해 달아난/그녀의 아름다움의 무게를 느끼며.'*

이후 두 사람은 파스타를 먹었다. 스칼렛 요한슨은 기운을 되찾았다. 반짝이는 그녀의 드높은 광대뼈도 다시 반짝였다.

　그녀는 우디 앨런이 '지구상에서 가장 섹시한 남자'라고 했다. 난 누구랑 그렇게 많이 웃어 본 적이 없어. 페넬로페 크루즈 이야기도 했다. 우리는 자매나 마찬가지야. 내 소울 메이트*soul mate*지. 정말로 좋아하는 친구야. 또 열세 살 때 연기했던 〈호스 위스퍼러〉의 그레이스 맥린 역에 대해서도 이야기했다. 난 주연이었던 로버트 레드포드한테 빠졌고, 내 아버지 역할을 했던 샘 닐은 나를 무척 예뻐했지. 그녀는 또 '내 딸들'(그녀는 자신의 가슴을 이렇게 불렀다)을 나탈리 포트만이 부러워했다고도 했다며 웃었다. 아르튀르 드레퓌스는 웃는 그녀가 아름답다고 생각했다. 그리고 아직 리스트를 완성하지는 못했지만, 스칼렛 요한슨과 치즈 파스타를 먹는 것보다 둘이 함께할 수 있는 훨씬 특별한 일들이 적어도 천 가지는 있으리라 생각했다. 이를테면 그녀에게 시를 몇 편 읽어주기, 그녀의 귓불을 쓰다듬어 주기, 예방적인 차원에서 도베르만뿐만 아니라 로트와일러 품종의 씨를 말리기, 태어날 아이의 이름을 지어 보기, 그녀의 배꼽 주위에 금빛 도넛처럼 솟아오른 뱃살을 간지럽히기, 그녀에게 속옷을 입어 보게 하기, 단둘이 지낼 무인도를 고르기, 닐 영의 음악을 들으며 그녀의 머리를 빗겨 주기, 제비꽃이나 감초 향의 마카롱을 맛보기 등등⋯⋯.

---

* 「느린 것들」, 『실존』, 장 폴랑, 갈리마르, 1947.

그녀가 영화감독이자 시나리오 작가였던 그녀의 할아버지 에너와 건축가였던 아버지 카르스텐 이야기를 꺼내자, 아르튀르 드레퓌스는 끝내 집으로 돌아오지 않은 그의 아버지를 떠올리지 않을 수 없었다.

그녀는 끊임없이 말하고 끊임없이 먹었다. 누가 봤다면 그녀가 거의 과일과 채소만 먹는 주디 마젤식 다이어트를 하느라 쌓인 한을 푸는 모양이라고 할 정도였다. 그녀는 스물일곱 살에 세계 최고의 글래머 중 한 명으로 꼽혔고, 구글을 검색하면 자료가 7천만 페이지가 넘는 최고의 금발 여배우가 되었다. 그런데 오늘 그녀는 그렇게 되기 위해 기울였던 모든 노력에 반기를 드는 것 같았다. 그래도 아르튀르 드레퓌스는 그녀의 오뚝한 코와 뾰족한 턱, 도톰한 입술과 빛나는 피부, 그리고 큰 가슴이 깜짝 놀랄 정도로 아름답다고 생각했다. 내 말 듣고 있어, 아르튀르? 그, 그럼요. 포크를 내려놓으며 그는 서둘러 얼버무렸다. 사실 그는 처음으로 반했던 비를 닮은 눈을 가진 엘로이즈와 이야기할 때도 말이 술술 나오지 않았다. 난, 난, 그러니까 스칼렛, 당신이 여기 있다니, 정말 환상적……. 지금이 환상적으로 느껴지는 건 바로 나야. 그녀가 그의 말을 잘랐다. 이렇게 저녁에 평화롭게, 다른 사람의 잔소리를 듣지 않고 먹고 싶은 만큼 파스타를 실컷 먹어 본 게 얼마 만인지 몰라. 다들 옆에서 끊임없이 말하지. *조심해. Be careful.* 살은 순식간에 찐단다. 하지만 너도 잘 알고 있듯 살을 빼는 데는 시간이 오래 걸리지. 아주 오래 걸린단다. 정말이지 이렇게 있는 게 얼마 만인지 몰라. 먹으면서 손가락을 핥아도 스칼렛, 그래서는 안 돼, 그건 천한 짓이야, 입으로 손가락을 빨다니 너무 추잡해라는 말을 듣지 않아도 되는 거 말이야. 게다가 당신은 어떻게 해서든 나를 덮칠 궁리만 하거나 얼간이처럼 내 가슴에만 시선을 고정하는 남자들과는 달라. *완전 완전 귀여워. Super super cute.* 그런데 얼간이라는 말 맞게 쓴 거지?

이 말에 아르튀르 드레퓌스의 낯은 뜨거워졌고 살짝 상처도 받았다. 어쨌건 간밤에 그녀가 잠든 방에서 두 층 아래에 있던 그는 그녀를 덮치고 싶은 마음이 굴뚝같았던 것이 사실이었고, 정비소에서 일하던 오전에도 내내 그런 마음이었기 때문이다. 그렇다. 오똑한 코와 뾰족한 턱뿐만 아니라 그녀의 도넛 모양의 뱃살이나 오른쪽 귀 곁의 작은 검은 점에도 아르튀르의 마음은 흔들렸다. 점은 조금 이르게 꽃망울이 터진 작고 거무스름한 난초의 꽃봉오리 같았다.

그가 테이블을 치우자 그녀가 고맙다고 했다. 그는 다시 생각에 잠겼다. 세상에서 가장 예쁜 여자 중 한 명이 우리 집 부엌에 있다. 그것도 아무도 모르게. 그리고 그녀가 고맙다고 한다. 파스타도 고맙고, 맥주도 고맙고, 별 재미가 없었는데도 대화를 나눠 줘서 고맙다고 한다.

그는 이 아름다운 순간을 망쳐 버릴까 두려워 더 이상 입을 떼지 못했다.

아르튀르 드레퓌스가 설거지를 하는 동안 스칼렛 요한슨은 한쪽에 잘 정리되어 있는 DVD를 죽 살펴보았다. 나도 시리즈물을 좋아하는데. 그녀가 말했다. 시리즈물은 외로운 사람에게 가족처럼 느껴지는 것 같아. 매일 저녁마다 만날 수 있으니까 말야. 당연히 〈소프라노스〉도 너무 좋아해. *I looove it.* 멋진 DVD컬렉션이네! 〈24〉, 〈더 와이어〉, 〈쉴드:xx강력반〉, 〈대탈주〉, 〈매트릭스〉, 〈달콤한 인생〉(하지만 그건 펠리니 감독의 명작이 아니라, 마리오 살리에리라는 감독이 연출하고, 카수미와 리타 팔토야노가 출연하며 언제나 활기찬 마크 도르셀이 제작한 포르노 영화였다)……. 마지막 DVD를 본 아르튀르는 놀라서 앗! 하고 소리치며 싱크대에 접시를 떨어뜨렸다. 그, 그건 제 거가 아니에요. 돌, 돌려줘야 해요, 정비소 친구한테. 거품투성이 손으로 그는 얄궂은 DVD를 뺏으려 들었고, 그녀는 뺏기지 않으려 했다. 그러자 두 사람은 바보스러울 만치 순진무구한 장난꾸러기 어린아이들이 되었다. 돌려줘요! 안 돼! 싫어! 돌려 달라니까요! 어디 한번 가져가 봐! 어서, 한번 해 봐. *Come on, come on.* 두 사람은 소리 높여 웃었고 그 순간 모든 것이 단순해졌다.

아르튀르 드레퓌스는 어떤 말도 꺼내지 않았다.

그는 그녀와 하루만 더, 같이 있고 싶었다. 아니, 이틀만 더, 일주일만 더, 같이 있고 싶었다. 에디트 피아프가 부른 노래처럼.

― 사장님, 만약에 안젤리나 졸리가 사장님 집에 온다면 어떻게 하시겠어요?

푸조 605 밑에서 미끄러지듯 고개를 내민 PP 사장(그는 〈프렌치 커넥션〉과 〈허수아비〉에 출연했던 젊은 시절의 진 헤크만과 닮았다)은 만면에 미소를 띠고 있었다. 우리 마누라도 집에 있고? 이 말에 아르튀르 드레퓌스는 어깨를 으쓱하며 말했다. 사장님, 잠깐만요. 지금 진지하게 묻고 있는 거예요. 우리 아르튀르, 어젯밤에 놀러 나가서 술 한잔한 모양이네? 아르튀르 드레퓌스가 다시 어깨를 으쓱했다. 음, 나라면 안젤리나 졸리를 덮칠 거야. 자네라면 안 그러겠어? 그래요, 맞아요. 그런데 안젤리나 졸리라면 〈툼 레이더〉에 나왔던 배우 맞지? 네. 아, 아, 아! 그럼 난 대놓고 덮칠 거야. 그 배우 완전 멋지잖아! 사장님, 정말 심각하게 여쭙는 건데요, 안젤리나 졸리가 왜 왔는지는 물어보지 않으실 건가요? 자동차 밑에서 얼굴만 내밀고 있던 PP 사장이 이번에는 우아하게 몸 전체를 드러냈다. 몸을 일으킨 그의 기름투성이 얼굴이 진지했다. 이봐, 친구. 모든 일에는 다 이유가 있는 법이지. 만약 자네가 말한 안젤리나 졸리가 우리 집을 찾아왔다면, 물론 말도 안 되는 일이지만, 그건 선물을 받은 것과 마찬가지야. 미인은 언제나 선물인 셈이거든. 특히 그런 가슴과 입술을 가진 미인이라면 더 그렇지. 그러면 천사의 존재도 믿고 싶어지고, 다른 헛소리들도 다 믿고 싶어지겠지. 왜냐하면 그녀가 찾아온 데는 딱 한 가지 이유밖에 없거든. 무슨 이유요? 아르튀르 드레퓌스의 심장이 고동쳤다. 사랑 때문이지. 이 친구야, 사랑 말이야. 자, 그녀가 근처를 지나는데 차의 실린더 접합부가 파손되는 바람에 자네 집에 오게 되었다고 하자고. 마침 자네는 자동차 정비공이고. 그 상황에서 나라면 재빨리 고장 난 곳을 수리한 다음, 사인을 해 달라고 하고 아마도 데데 라프리트에서 커피 한잔하자고 할 거야. 내가 그녀와 같이 있다는 것을 한순간에 사람들에게 보여 주려는 거지. 사람들이 우리를 보고서 이렇게 수군거리겠지. 저기 PP가 근사한 여자랑 데이트 하네. 아니, 설마…… 저건 안젤리나 졸리는 아니겠지! 레옹, 저기 좀 봐. PP가 여배우 안젤리나 졸리와 데이트를 하고 있어. 정말 섹시하네. 이렇게 사람들이 그녀를 알아보고 열광하겠지. 그러면 한동안 나는 마치 신이라도 된 듯할 거야. 그래, 신과 같을 거야. 내가 안젤리나 졸리의 남자가 되는 거니까. 그건 하늘을 품은 것과 같으니까.

슬픔의 파도가 썰물처럼 물러나며, 아르튀르 드레퓌스의 몸이 부르르 떨렸다.

그는 PP 사장이 무슨 말을 하는지 잘 알았다. 그건 남자들이 품은 어떤 불가능한 꿈이었다. 세상 모든 남자가 갈망하는 선하고 아름다운 여인이 어느 날 갑자기 그를 선택하는 것이다. 적어도 35억 명은 되는 다른 남자들을 제쳐두고 오로지 그에게 오는 것이다.

그레이스 켈리는 올렉 카시니 백작, 패션 디자이너 잭 캐네디, 빙 크로스비, 캐리 그랜트, 장-피에르 오몽, 클락 게이블, 프랭크 시나트라, 토니 커티스, 데이비드 니븐, 리카르도 보첼리, 앤서니 하벨록 앨런 등 무수한 명사들과 사귀었고 그 외에도 수많은 남자들이 있었다. 하지만 그녀는 그들이 아닌 레니에 왕자를 선택했다. 사람 좋은 레니에 왕자는 그녀로 인해 다른 사람들과는 다른 남자, 세상에서 유일한 특별한 남자가 되었다.

그녀가 그를 신으로 만들었다.

잠시 침묵이 흐른 후, PP 사장이 살짝 쉰 목소리로 말했다. 아르튀르, 이거 아나? 만약 내가 1920년대에 태어나서 마릴린 먼로의 애인이 되었다면 그녀는 결코 그런 바보 같은 모습으로 약을 먹고 죽어 버리지는 않았을 거야. 분명해. 그녀에게 필요했던 것은 잘난 체하는 작가, 대통령, 배우, 축구선수 등 그녀보다 자기 자신을 더 많이 사랑하는 사람들이 아니었어. 그녀가 필요로 했던 사람은 바로 다른 사람들을 사랑할 줄 아는 단순하고 정직한 남자였지. 자동차 정비공 같은 사람 말이야. 그녀를 차에 태워서 예쁜 것들을 구경시켜 주고 적당한 때 루프를 내려서 가을의 다갈색 공기를 쐬게 해 주는 사람이 필요했지. 먼지를 머금고 바람으로 부푼 작은 물방울들이 만든 비를 맛보게 해 주고, 숨 쉬지 못할 정도로 그녀를 세게 끌어안는 사람, 차 뒷좌석에서 키스할 궁리나 하는 것이 아니라 그저 그녀의 손을 잡아 줄 사람이 필요했어. 그래, 나였으면 마릴린에게 그렇게 했을 거야. 그랬으면 그녀는 나와 함께 늙을 때까지 같이 살다가 죽었을 텐데.

아르튀르는 어쩐지 눈물이 날 것 같았다.

스칼렛 요한슨과 함께한 셋째 날 저녁, 아르튀르 드레퓌스는 퇴근할 때 플랑샤르 미용실에서 〈내 남자의 아내도 좋아〉와 〈아일랜드〉 DVD를 샀다. 플랑샤르 미용실에서는 DVD를 팔 뿐만 아니라 프린터기의 잉크 카트리지도 교환할 수 있었다. 이 미용실 건물의 1층 전면은 따분해 보이는 오렌지색 벽돌로 장식되어 있으며 통유리 창문이 두 개 나 있고 반이층은 빨간색 벽돌로 되어 있었다. 비록 색은 바랬지만 에도닐*의 간판이 달려 있어서 미용실은 쉽게 눈에 띄었다. 그는 저녁거리도 샀다. 치즈 롤 케이크, 멋지게 차려놓은 햄과 소시지 안주 두 접시, 와인 한 병을 1918년-11월-12일로에 있는 정육점이자 식료품점인 토늘리에에서 구입했다.

이 정육점은 그야말로 오래된 곳이다. 마치 드파르동**의 옛 작품에서나 볼 수 있을 법했다. 건물의 전면은 빨갛고 하얬고 방사선과 병원에나 어울리는 딱딱한 서체의 검은색 대문자 글자들이 각각의 흰색 큐브에 박혀 있었다. 자동차들이나 제이씨데코의 버스 정류장 광고판이 없었다면 1950년대라고 해도 믿을 수 있었다. 롱시의 시간은 멈춘 것 같았다. 이곳의 나지막한 집들은 벽돌이나 시멘트로 지어졌고, 기울어진 기와지붕에 벽은 노란색이나 황토색이었다. 아니면 오통 로와 앙시엔-에콜-데-피유 로가 만나는 모퉁이에 위치한 토늘리에 정육점처럼 밝은 하늘색이기도 했다. 이 색을

---

* 모발 관리 제품 브랜드.
** 프랑스의 유명 사진가이자 사진 기자, 다큐멘터리 제작자.

칠한 사람들은 우울하고 묵직해 아무도 날아오를 수 없는 이곳의 회색 하늘을 물리치려는 생각인 게 분명했다.

이날 저녁에는 아르튀르 드레퓌스가 마음을 달래 줄 음식을 준비했다. 그가 곧 일으킬 작은 파국에 대비해서 작은 완충재를 준비한 셈이었다.

스칼렛 요한슨은 이런 세심한 배려에 무척 감동받은 듯, 대담하게도 아르튀르 드레퓌스의 뺨에 가벼운 키스를 했다. 그는 하마터면 손에 들고 있던 햄과 소시지 접시를 떨어뜨릴 뻔했다. 이런 어설픈 모습이 젊은 여배우의 눈에는 오히려 더 친근해 보였다. 아니, 적어도 그는 그렇게 생각했다.

여배우는 저녁 식사 전에 가볍게 동네를 한 바퀴 돌자고 했다. 다리가 저려. 그녀는 특유의 거부할 수 없는 미소를 지으며 말했다. 아르튀르 드레퓌스는 기꺼이 동의했다. 냉혹한 판결이 갑작스레 유예되어 몇 분이나마 생명이 연장된 듯한 느낌이었다.

그는 프로비지옹 연못과 오네 연못 너머로 해가 지면서 두텁고 안락한 그림자가 만들어지기를 기다렸다. 유명 연예인이 다른 사람들 몰래 움직이기에 딱 좋은 그런 그림자가 곧 드리워졌다.

그런 다음 그들은 모든 것이 정지해 있는 롱의 곳곳을 거닐며 축축한 습지에서 몸을 부르르 떨었다. 롱은 작은 마을이다. 성과 수력 발전소, 그랑드 뤼 거리(이 '대로'에는 시청과 에네라는 이름의 클럽, 목요일마다 피자를 굽는 빵집이 들어서 있다), 시립 야영장인 포플라 숲, 코팽 목장의 우유 가게, 제르베-스콩바르 벽돌공장까지 한 바퀴 도는 데 20분이면 충분했다.

그들은 집집마다 굴뚝으로 피어오르는 그날의 첫 연기 냄새를 맡으며 천천히 걸었다. 서로 1미터 이상 간격을 둔 데다, 아르튀르 드레퓌스는 살짝 뒤로 처져서 걸었다. 간혹 벽에 비친 두 사람의 그림자가 맞닿게 되면 그는 그림자 손을 뻗어 그녀의 그림자 머리카락을 쓰다듬었다. 진짜로 쓰다듬기라도 한 것처럼 전율하면서. 그는 그림자놀이에 곧 익숙해졌고 다른 다정다감한 행동도 해 보았다. 그러다 문득 그녀에게 말을 걸고 싶어졌다. 지금과 같은 축복의 순간을 위해 밤마다 머릿속에 조합해 두었던 말을 이 친절한 어둠을 틈타 그녀에게 들려주고 싶었다.

아르튀르가 이런 생각에 빠져 있는 동안 스칼렛 요한슨은 밝은 얼굴로 마을을 구경하고 있었다. 단순하게 행복한 모습이었다. 본디 말이란 무기력하다. 말은 욕망의 예리한 문법 앞에서 혼란스러워지고, 꿈에 그리던 육체라는 불규칙동사변화표를 대하면 어찌할 바를 모른다. 날것 그대로를 앞에 두면 세상 어떤 말도 소용없다. 괜찮아? 그녀가 물었다. 나, 난, 괜찮아요. 안 추워요? 그들은 마을 끝자락에 있는 노트르담 드 루르드 성당 앞을 지나고 있었다. 그는 갑자기 남자답게 행동하고 싶은 마음이 들었다. 욕망의 지휘를 받는 격정적이고 거친 남자가 되어 그녀를 성당 안으로 밀어붙이고 싶었다. 그러면 그녀는 분명히 작게 비명을 지르며 말할 것이다. 당신 미쳤어? 무슨 짓이야? 그러면 그는 이렇게 말할 것이다. 우리 둘이 인생을 함께하자. 둘이서만 지낼 무인도를 찾자. 제비꽃 향 마카롱을 맛보자. 그러면 그녀는 연신 당신은 미쳤어 You're crazy라고 할 것이다. 이제 돌아가자. 조금 쌀쌀하네. 어쨌건 아르튀르, 고마워. 당신은 참 친절하고, 귀여워. cute.

혹시라도 그녀는 예스라고 할지도 모른다.

하지만 그는 아무 것도 하지 않았다. 늘 그렇듯 두려움이 이겼기 때문이다.

한편 격정적으로 밀어붙이기만 해서는 스칼렛 같은 범접할 수 없는 여자의 마음을 살 수 없었다. 오히려 내려놓은 듯 여유있고 우아한 태도를 유지해야 했다.

– 돌아가요. 추워 보여. 그가 말했다.

하지만 떨고 있는 쪽은 오히려 그였다. 그는 앞으로 어떤 일이 벌어질지 알고 있었기 때문이다.

두 사람은 그들이 먹을 소박한 저녁상을 TV 앞에 차린 다음, 〈아일랜드〉부터 보기 시작했다. 아르튀르 드레퓌스는 로맨스 영화보다는 액션 영화를 좋아했다. 게다가 우디 앨런의 영화 〈내 남자의 아내도 좋아〉는 아내를 버리고 입양한 딸과 살고 있는 남자가 만든 로맨스 영화인 만큼 미덥지 못했다. 어쨌건 영화는 두 편 다 볼 거야. 그가 말했다. 그의 말투도 어느새 좀 더 편해져 있었다.

영화를 보는 동안 스칼렛 요한슨은 말을 많이 했다. 심지어 입안이 음식으로 가득한데도 말했다. 그녀는 장면 하나하나에 코멘트를 했다. 이 장면은 캘리포니아의 사막에서 촬영했고, 저건 네바다의 사막에서 찍은 거야. 흰색 트레이닝복을 입은 이완(맥그리거)은 너무 좋아. 너무 섹시하고 핫*hot*하잖아. 저기 이완이 탄 차 좀 봐. 캐딜락인데 7백만 달러나 했대. 특수효과 때문에 7백만 달러짜리 차를 썼다니 믿어져? 그녀는 두 번째 치즈 롤 케이크를 먹어치우며 흥분한 목소리로 말했다. 저건 촬영하기 완전 어려운 장면이야. 그런데 저 장면을 촬영하기 직전에 내가 수술받은 거 알아? 편도선 제거 수술을 받았는데, 마이클 베이 감독의 스튜디오에서 하루가 멀다 하고 전화를 걸어서 내 상태가 어떤지 물어봤었지. 언제쯤 체육관에서 훈련을 받을 수 있을지 궁금했던 모양이야. 내가 맡은 역이 격한 액션이 많아서 모두 걱정이 이만저만이 아니었어. 가만히 듣고 있던 아르튀르 드레퓌스가 롤 케이크를 삼키느라 잠시 말이 없던 스칼렛의 이야기를 대신 이어 주었다. 그런 다음 당신은 맹렬한 추격 신을 촬영하느라 부상을 입어 넓적다리에 부목을 해야 했지. 여배우는 먹고 있던 치즈 롤 케이크를 내려놓았다. 그녀의 입은 벌어졌고, 얼굴은 핏기가 싹 가셨으며 잠시 비굴해 보이기까지 했다. 그리고 당신은 무릎 부상으로 무척 고생했어. 나도 알아. 나도 알로씨네*에서 읽었거든. 아마 당신도 그랬겠지.

그는 주머니에서 작은 종잇조각을 꺼내 잔인할 만큼 천천히 펼쳤다. 대본을 받은 당신은 당신이 맡을 배역과 링컨(이완 맥그리거)의 관계에 매료되어서 이렇게 말했지. '그 두 캐릭터는 친밀함이나 성에 대해서는 아무것도 몰라요. 외부 세계에 대해서는 모른 채 일종의 플라스틱 인큐베이터 속에서 살았기 때문에 완전히 순수하죠. 어떤 의미에서 무척 로맨틱한 러브스토리라고 할 수 있어요.'

스칼렛 요한슨은 입으로 손을 가져가 토늘리에 롤 케이크 한 입을 몰래 뱉었다. 살짝 뱉는다고 뱉었지만 그래도 그의 눈에 띄었다. 핏기가 사라진 그녀의 입술이 떨리고 있었다.

- 내 이름은 쟈닌 푸캉프레즈야.

---

* 프랑스의 대표적인 영화와 TV 정보 사이트.

2
왜 나인가요?

아르튀르 드레퓌스는 실망하는 동시에 안도했다. 한마디로 시원섭섭했다.

PP 사장이 안젤리나 졸리를 두고 상상했던 것처럼, 그도 잠시나마 '스칼렛 요한슨의 남자'가 되는 꿈을 꾸었기에 실망이 컸다. 물론 PP 사장은 '안젤리나 졸리의 남자'가 되지도 않았고 절대 될 수도 없겠지만, 아르튀르 드레퓌스는 그런 이미지 자체가 마음에 들었다. 아름답고 풍만한 여배우를 품에 안으면 지구상의 35억의 남자들 중에서 선택받은 사람이 된 기분일 것 같았다. 마릴린 먼로의 손을 잡고 먼지 섞인 빗방울을 맛보게 하여 1962년 8월 2일의 죽음에서 그녀를 구할 수 있는 단 한 명의 남자 말이다.

한편 스칼렛 요한슨을 품에 안으면 동시에 35억 남자들의 공공의 적이 될 것이 뻔했기 때문에 그는 안도했다. 아마 세상 남자들은 그를 부러워하다 못해 미워했을 것이다. 미워하다 못해 파멸시키려 들었을지도 모른다.

그가 안도의 숨을 내쉰 이유는 또 있었다. 그 뉴요커 여배우의 불타는 듯한 가슴을 보면 땀구멍까지 보일 정도로 가까이 다가가고 싶었다. 하지만 아르튀르가 자동차 정비공으로서는 '더 잘생긴' 라이언 고슬링 같다는 말을 듣는 입장이더라도 스칼렛 요한슨의 남자친구boyfriend가 되기엔 역부족이었다. 이에 비해 쟈닌 푸캉프레즈라는 이름을 가진 여자의 남자친구가 되는 길은 훨씬 쉬워 보였다. 더욱이 누군가에게 들킬 염려 없이 한 여자와 함께 있으면서 다른 여자와 사랑을 나누는 것 같은 비밀스러운 기분을 느낄 수도 있을지도 몰랐다.

하지만 아르튀르 드레퓌스는 아직 그 단계가 아니라는 사실을 잘 알고 있었다. 밤이면 그와 쟈닌 푸캉프레즈 사이에는 여전히 두 개의 층과 욕실 하나가 가로놓여 있었다. 이 서른아홉 개의 계단을 올라가는 일은 결코 쉽지 않았다. 왜냐하면 쟈닌 푸캉프레즈는 고약한 동화 속에서 살고 있었기 때문이다. 이런 동화 속에서는 각자의 욕망을 채우려고 늘 서로가 서로를 속인다. 이런 냉혹한 세계에서는 왕자들의 아침 키스에도 평화와 세상의 달콤함을 느낄 수 없고 삶의 의욕도 일지 않는다. 그런 아침은 슬프고 고독하다. 고통스럽고 가혹하다. 그런 세계에서 상처받은 공주들에게는 많은 시간이 필요하다.

이번에도 약 이야기다. 복용량 이야기다. 떨고 있는 손가락 이야기다.

아르튀르는 함께 보던 영화를 정지시켰다. 영화가 아직 끝나지는 않았지만 일단 멈추게 했다. (영화의 결말이 궁금한 사람들을 위해 간단히 소개하자면, 결국 이완 맥그리거는 스칼렛 요한슨과 함께 배를 타고 어느 섬으로 떠난다. 아, 사랑을 찾아 떠난다.) 그러자 쟈닌 푸캉프레즈가 이렇게 말했다. 괜찮아, 벌써 본 영화야. 침묵이 뒤따랐다. 어색함이 흘렀다. 그들은 서로를 바라보았다. 처음 보는 사이라고 해도 될 정도로 그렇게 서로를 보았다.

예를 들어 당신이 카메론 디아즈를 보고 있는데, 사실은 그 사람이 카메론 디아즈가 아니라고 하자. 이 경우 당신이 이 사실에 적응하는 데는 시간이 조금 필요하다.

아르튀르 드레퓌스에게는 딱 6분 걸렸다.

- 왜 나지? 왜 우리 집에, 왜 여기에, 왜 롱에 온 거지?

쟈닌 푸캉프레즈가 숨을 들이쉬더니 이번에는 멋진 미국식 억양 없이 말을 시작했다.

- 나는 웨딩드레스 브랜드 프로녑시아의 광고투어를 해. 스타 모델이지. 이 일을 한 지 3년쯤 됐어. 보통 하루에 도시 두 군데를 돌아. 여섯 명이 같이 일하고, 우리는 프로녑시아 쇼윈도 안에서 살아 있는 모델 노릇을 해. 매장이 없는 곳에서는 통유리로 되어 있는 트럭에서 일하지. 시장 한가운데 있는 광장에서 말이야. 마치 수

족관 안에 있는 물고기가 된 것 같지. 우리가 지나간다는 소식은 그 전날 지역신문에 광고로 실려. 어떨 때는 3번 채널 지역 방송에도 나와. 그래서 우리가 도착하면 벌써 사람들이 잔뜩 몰려와 있지. 분위기가 아주 좋아. 바자회 같기도 하고 카니발 같기도 하고. 맥주도 있어. 미스 프랑스 선발대회 같기도 해. 그런데 첫 투어 때부터 사람들이 나한테 사인을 해 달라는 거야. 당연히 쟈닌이라고 사인했지. 하지만 사람들이 이러더라고. '아뇨, 그게 아니라, 스칼렛이라고 해 줘요. 당신은 그녀와 꼭 닮았어요. 완전히 똑같아요. 부탁해요.' 그런 말을 들으니까 내가 예쁘고 중요한 사람인 듯한 느낌이 들었어. 그래서 스칼렛이라고 사인했어. 조로가 커다랗게 Z라고 쓰는 것처럼 나도 S를 크게 적었지. 그러면 사람들이 행복해 했어. 나를 포옹하기도 했지. 그다음 해가 되니까 사람들이 대 놓고 스칼렛의 사진을 가져왔어. 그녀가 출연한 DVD 케이스, 영화 포스터, 영화잡지 프르미에르의 한 페이지, 엘르에 실린 기사, TV 매거진의 표지 말이야. 그런데 어느 순간부터 갑자기 내가 덜 예뻐 보였어. 거짓말쟁이가 된 기분이었지. 보잘것없는 광대가 된 듯했어. 그러다가 여섯 달 전에 우리 광고 팀이 아브빌을 떠나 아미앵으로 가는 길이었어. 고속도로를 달리고 있는데 앞에 우유탱크 트럭 한 대가 전복되어 있었어. 고속도로 위는 마치 눈이 내린 것 같았고 그 하얀 호수에 자칫 빠질 듯 했어. 우리 중 한 명이 그 광경을 보고 신부의 웨딩드레스 같다고, 우유 거품이 드레스 위의 레이스 같다고 했지. 우리 차를 모는 운전사는 고속도로를 빠져나가야 했고 그렇게 해서 우리는 여기 롱에 도착한 거야. 우리는 물가에 있는 음식점에서 점심을 먹었어. 똑똑히 기억나. 3월 19일 금요일이었어. 그리고 미니버스로 돌아가는 찰나에 내가 당신을 발견한 거야. 당신은 온통 시커먼 손에 더러운 작업복을 걸치고 있었어. 그 모습을 보고 영화 속에서 오토바이를 모는 말론 브란도가 떠올랐어. 당신은 울고 있는 여자아이의 자전거를 고쳐 주고 있었지. 잘생기고, 당당해 보였어. 그때 여자아이의 자전거 라이트에 다시 불이 들어왔어. 그리고 그 꼬마 아이의 얼굴에도 미소가 다시 번졌지. 난 홀딱 반하고 말았어. 그 아이의 얼굴에 비친 미소에 말이야.

아르튀르 드레퓌스의 입이 바싹 말랐다. 아직 사랑의 말이 어떤 것인지는 잘 몰랐지만(심지어 폴랭도 사랑의 말을 하는 데는 매우 신중했다), 방금 그는 멋진 입술 사이로 사랑의 말을, 오롯이 그만을 위한 말을, 키스와 같은 말을 들은 것 같았다. 그 입술은 탐스럽고 폭신한 것으로 유명한 스칼렛 요한슨의 입술이 될뻔 한 입술이었다.

– 그 즉시 난 음식점으로 다시 달려 갔고, 당신이 어디 사는지 사람들이 알려 줬어. 아이-르-오-클로셰 마을 방향의 도로변에 있는 외딴 집이었지.

그는 포도주를 한 모금 마셨다. 그리고 한 모금 더 마셨다. 토늘리에 씨의 말에 따르면, 마르멜로와 산딸기류 열매 향이 나고 과일 맛이 느껴지는 방투 포도주는 햄·소시지 안주뿐만 아니라 치즈 롤 케이크와도 완벽하게 궁합이 맞았다.

그는 머리가 살짝 어지러웠다.

그녀는 말을 계속했다.

- 당신이 나를 스칼렛 요한슨이라고 생각하면 문을 열어 줄 거라고 믿었어. 그러면 나한테도 기회가 있겠구나 싶었지. 그 꼬마 여자아이처럼 말이야. 자전거 라이트에 다시 불이 들어온 그 아이 말이야. 그토록 눈부신 미소를 짓던 그 아이처럼. 아, 그런데 빌어먹을.

그의 아버지 루이-페르디낭 드레퓌스나 어머니 테레즈 르카르도넬이나 하나밖에 없는 아들을 사랑이 가득한 환경에서 키울 생각은 그다지 없었던 듯하다.

아버지가 마지막으로 '다녀올게'라고 인사하기 전이나 어머니가 베르무트 주를 본격적으로 마시기 전에도 이들 가족이 함께한 대부분의 시간은 갈기갈기 찢겨져 죽은 그의 여동생 느와이야의 죽음으로 얼룩져 있었다. 테레즈 르카르도넬은 늘 많이 울었고, 그녀의 눈은 매일같이 어딘가로 달아나려는 것 같았다. 그녀는 이따금 영원히 잃어버린 것들에 대해 이야기했다. 어린 딸아이의 촉촉한 입맞춤, 아이들이 부르는 동요, 홍역을 앓았을 날들, 수두에 간지러웠을 날들, 딸아이가 일곱 살이 되는 어느 날에 빗겨 주었을 아이의 부드러운 머리카락, 어머니의 날 선물로 받았을 파스타를 꿰어 만든 목걸이와 서투른 시, 딸아이의 가슴이 나오기 시작하면 시장에 가서 옷감을 골라 직접 재단해서 만들어 입혔을 드레스, 첫 월경, 겨드랑이와 무릎 뒤에 뿌렸을 첫 향수, 첫 립스틱과 첫 입맞춤, 처음 맛보는 환멸. 그런 것들을 겪으면서 엄마가 되는 법이란다. 어머니는 입안 가득히 슬픔을 머금고 알아들을 수 없는 목소리로 말했다. 얘야, 네 여동생이 보고 싶구나. 정말이지 보고 싶구나. 네 아버지와 네가 나가고 없을 때 느와이야가 방에서 웃는 소리가 들리는 것 같을 때가 가끔 있단다. 그러면 그 아이의 침대 맡에 앉아서 내가 미처 가르쳐 주지 못했던 노래를 불러 준단다. 너는 남자아이니까 내가 노래도 불러 주지 않았고 동화책도 읽어 주지 않았지. 네 걱정도 하지 않았어. 그건 모두 네 아버지 몫이었거든. 소금쟁이가 기다란 다리로 절대 물에 빠지지 않고 어두운 거울 같은 물 위에서 춤추는 이야기를 들려주는 것도, 네 질문에 대답하는 것도 다 네 아버지 몫이었단다. 하지만 너는 절대 아무것도 물어보지 않았어. 우리는 네가 무엇에도 흥미를 못 느끼는 것은 아닐까 걱정했지. 아, 느와이야, 아, 우리 아가. 난 이 세상 모든 개를 다 증오해. 모두 다. 래시도 싫어. (《달려라 래시》, 《용감한 래시》, 《돌아온 래시》 등에 나오는 지칠 줄 모르는 개 래시 말이다.)

때때로 루이-페르디낭 드레퓌스는 아들을 낚시터에 데리고 갔다. 그들은 칠흑같이 어두운 밤에 집을 나섰다. 습지를 가로질러 크루프 연못이나 플랑크까지 가서, 눅눅한 습기 냄새가 나는 작은 섬 위의 오두막 근처에 자리를 잡았다. 여기서 삼림관리인 아버지는 시의 낚시 규정을 무시한 채 회전식 스푼 루어 낚시(낚시 바늘과 반짝이는 금속 팔레트로 구성된 미끼)로 살이 통통하게 오른 곤들매기 몇 마리를 낚아 올리기도 했다. 한번은 21킬로그램짜리를 잡은 적도 있다. 아버지가 낚시 내내 아무 말도 하지 않았던 건 불법 낚시 기술을 쓰는 걸 누군가에게 들킬 게 무서워서였을까? 어린 아르튀르 드레퓌스는 마치 모르는 사람과 있듯 아버지 옆에서 조용히 몇 시간이고 앉아 있었다. 그동안 그는 아버지를 찬찬히 지켜보았다. 그는 아버지의 꺼칠꺼칠하고 강하고 정확한 손이 부러웠다. 어린 아르튀르는 아버지의 맑은 눈을 지켜보며 그 눈이 그에게 웃어 주길 바랐다. 아버지에게 작은 비밀들을 털어놓고 가까워지고 싶었다. 행복해지고 싶었다. 그는 아버지의 가죽 냄새, 담배 냄새, 땀 냄새에 취했다. 간혹 아버지가 아르튀르의 머리카락을 아무 이유 없이 손으로 헝클어뜨릴 때면 그는 놀랍도록 행복을 느꼈다. 이런 한줌의 행복을 위해 세상의 모든 침묵도 견딜 수 있었다. 세상의 모든 기다림, 모든 고통을 감내할 가치가 있었다.

어느 날 부엌에서 아르튀르 드레퓌스는 부모님에게 어떻게 사랑에 빠지게 되었냐고 물었다. 당시 그의 나이는 열두 살이었다. (느와 이야가 뜯어 먹힌 후 6년이 흐른 뒤였다.) 아버지는 나이프로 어머니를 가리켰다. 마치 네 엄마가 말해 줄 거야라고 하는 것 같았다. 그런데 바로 그때 멀리서 개가 짖기 시작하자 어머니는 눈물범벅이 되어 침실로 사라졌다. 이날 저녁, 아르튀르 드레퓌스는 난생처음으로 아버지가 예순일곱 낱말을 연달아 말하는 것을 들었다. 아들아, 그 건 바로 욕망 때문이란다. 뒤에서 사람을 조종하는 게 바로 그거란 다. 네 엄마가 나한테 어필한 부분은 바로 엉덩이였지. (이 말에 어린 아들은 놀라서 펄쩍 뛰었다!) 궁둥이라고 하고 싶으면 그렇게 말해도 좋 고. 네 엄마가 걸을 때 엉덩이를 이리저리 흔드는 모양이 꼭 괘종 시계의 추가 똑딱똑딱 왔다 갔다 하는 것 같았단다. 그 때문에 나 는 최면에 걸리다시피 해서 밤에 잠도 잘 수 없었지. 그래서 네 엄 마를 아브빌에 있는 부바크 연못으로 데려갔고, 그렇게 해서 우리 아들이 태어나게 된 거지.

 - 하지만 엄마를 사랑한 거죠, 아빠?

 - 그건 말하기 곤란하단다.

바로 그 순간 테레즈 르카르도넬이 다시 들어왔다. 이미 눈물은 다 말라 있었다. 하지만 빨간 선이 수백 가닥 그어진 안구는 금이 간 꽃병처럼 금방이라도 깨질 것만 같았다. 오븐에서 흑설탕 파이 를 꺼내러 식탁 옆을 지나던 어머니는 아버지의 뺨을 힘껏 갈겼다. 이로써 아르튀르 드레퓌스는 그날 꺼낸 질문에 대한 대답을 들을 수 있었다.

 - 우리 아버지는 친아버지가 아니야. 그냥 돼지 같은 놈이지. 비 계 덩어리. 몸을 움직일 때마다 배에서는 퓨 하는 소리가 났어. 흐 물거리는 젤리 같았지. 그가 걸을 때마다 젖은 양말 소리가 나서

항상 미끄러질 것 같았어. 비가 오지 않는데도 말이지. 반면, 우리 친아버지는 정말 잘생겼어. 사진으로 봤거든. 아버지는 금발이었어. (요한슨을 닮은 쟈넌 푸캉프레즈의 머리카락은 아버지한테서 물려받은 것이 분명하다.) 몸은 근육질이었고. 아버지가 미소 지으면 여자들은 얼굴이 빨개졌대. 그래서 우리 어머니가 질투를 많이 했다고 들었어. 자주 있는 일이었다고 해. 그러다가 어머니는 마음을 가라앉혔어. 결국 아버지를 차지한 건 어머니였기 때문이지. 우리 어머니는 무척 아름다웠어. (스칼렛을 닮은 쟈넌 푸캉프레즈의 미모는 어머니한테서 물려받은 것이 분명하다.) 하지만 난 친아버지를 알지 못해. 내가 태어나기 직전에 돌아가셨거든. 아버지는 플레셀의 어떤 집에서 불에 타 죽었어. 한 할머니를 구하려고 했던 모양이야. 불에 탄 두 사람의 시신을 발견했는데 꼭 붙어 있어서 떼어 낼 수가 없었다고 해. 마치 사랑을 나누고 있는 것처럼 보였대. 폼페이에서 발견된 유해들처럼 말이야. 아버지의 직업은 소방관이었어.

우리 어머니, 어머니는 그 돼지새끼를 무용 교실에서 만났대. 어머니의 꿈은 무용수가 되는 거였어. 하지만 무용수가 될 만한 다리를 가지고 있지는 못했어. 무용수의 몸매나 발목, 발바닥 아치, 그런 것들을 하나도 가지고 있지 못했지. 그래도 어머니는 꼭 무용수가 될 거라 결심하고 정말 열심히 노력했어. 부엌에 있는 냉장고 문에 전설적인 무용수 피에트라갈라와 파블로바의 사진을 붙여놓기도 했어. 니진스키와 누레예프의 사진도 있었지. 클로드 를루슈 감독의 〈사랑과 슬픔의 볼레로〉에 나오는 호르헤 돈의 사진도 붙어 있었어. 콩트르땅과 그랑 쥬떼 등 무용 동작들을 마스터하는 동안 어머니는 식당 종업원으로 일하면서 먹고 살았어. 피가 날 때까지 손톱을 물어뜯으며 참고 견뎠지. 반면, 그 돼지새끼한테 무용은 그저 핑곗거리였어. 여자를 꼬여 내기 위한 수단일 뿐이었지. 영화 〈어바웃 어 보이〉에서 휴 그랜트가 연기한 역할처럼 말이야. 여자를 꼬드기는 건 일도 아니었어. 그 돼지새끼는 꼴에 사진가랍시고 사진을 찍는 방법을 썼어. 여성 무용수들의 포트폴리오 사진을 찍었지. 튀튀 발레복을 입히고 찍더니, 다음에는 발레복을 벗기고 찍었어. 그다음에는 투명스타킹만 입히고 찍다가 나중에는 스타킹도 벗은 사진을 찍었어. 그리고 근접촬영도 했지. 사실 그는 사진가로서는 빵점이었어. 절세미인인 우리 엄마조차 못생겨 보이게 찍었으니까.

그가 우리 집에서 같이 살게 되었을 때 나는 다섯 살이었어. 그래도 처음에는 멋졌지. 어머니가 춤출 때 상대역이 되어 주었거든. 두 사람은 탱고, 차차차, 맘보 같은 춤을 같이 췄어. 우리는, 어머니와 나는 많이 웃었어. 돼지새끼가 늘 우스꽝스러운 짓을 했거든. 그 인간이 잘하는 건 딱 하나였어. 망가진 기계를 고치는 일이었지. 초인종, 콘센트 같은 것 말이야. 덕분에 우리가 절약하는 데 조금 도움이 되기도 했지.

그는 나를 예쁘게 봤어. 내 살결이 손으로 비벼 보고 싶은 비단결 같다고 했지. 내 눈은 빛에 따라 색이 변하는 알렉산드라이트 보석 같다고 했어. 그는 자기가 느끼는 것을 느끼지 못하는 사람들이 너무 많다고 슬퍼했어. 나를 보는 즐거움 말이야. 그는 아름다움은 아주 희귀하다고 했어. 아름다운 것은 너무 아름다운 나머지 다른 사람들에게도 나누고 싶은 마음이 생기는 법이라고 했어. 그리고 그게 시작이었지.

그는 부엌에서 첫 번째 사진 시리즈를 찍기 시작했어. 내가 바닐라 아이스크림을 먹었으면 하더라고. 입에 스푼을 물고 있는 모습을 특히 좋아했지. 아이스크림이 녹아서 턱으로 흘러내려 오는 모습도 좋아했어. 그럴 때면 그는 엄마와 있을 때와는 다른 얼굴을 하고 속삭였지. 이건 우리 사이의 비밀이다, 쟈닌. 그러니까 내가 중요한 사람이라도 된 것만 같았지. 촬영은 뜰에서도 계속되었어. 그는 나한테 물구나무서기를 하고 옆으로 땅을 짚고 돌게 시켰어. 또 나보고 누워서 다리로 가위질을 하듯 다리를 번갈아 들어 올릴 수 있느냐고도 했어.

어느 날, 내가 욕조 안에서 목욕하고 있는데 그가 욕실로 들어왔어. 아주 슬픈 얼굴을 한 채로 말이야. 그러면서 옛날에 그에게도 딸이 하나 있었는데 어려서 하늘나라로 갔다는 이야기를 들려줬어. 그리고 내가 그 딸과 닮았다고 했지. 그는 자기 딸을 영원히 잊지 않도록 사진을 많이 찍어 두었어야 했는데 그럴 시간이 없었다고 했어. 그래서 내가 목욕하는 사진을 찍어도 괜찮다고 허락해 준다면 자기는 더 이상 슬프지 않을 것 같다고 했어. 그래서 나는 그가 시키는 대로 내 성기를 씻고 있었어. 그런데 바로 그때 우리 엄마가 욕실로 들어왔지. 나는 간지러워서 웃고 있었어. 그래, 그래, 그렇게 하면 돼. 그도 웃었어. 엄마는 우리를 물끄러미 보더니 문을 닫고 나갔어. 쾅 소리 나게 닫은 것이 아니라 조용히 닫았지. 그 돼지새끼가 내게 고맙다고 했어. 네 덕분에 내 어린 딸의 모습을 영원히 기억할 수 있게 되었단다. 이제 네 엄마한테 가 볼게. 부엌에서는 큰 소리가 나지 않았어. 접시가 깨지는 소리도 들리지 않았지. 그저 침묵만 흘렀어. 엄마는 아무 말도 하지 않았어. 아무 말도. 그때부터 그녀는 아무것도 묻지 않았어. 엄마는 알고 싶지 않았던 거야. 보고 싶지 않았던 거야. 결국 눈 뜬 장님이 된 것처럼 나를 못 본 체했지. 그리고 그 후로 한 번도 나를 안아 주지 않았어.

이때 아르튀르 드레퓌스가 쟈닌 푸캉프레즈를 부드럽게 품에 안았다. 전혀 예상치 못했던 그 다정한 행동에 두 사람 모두 깜짝 놀랐다. 그는 진심으로 슬펐다. 분노는 나중의 일이었다. 그녀가 느꼈을 그 고통, 그 폭력에 대해 무슨 말을 할 수 있을까? 그가 할 수 있는 유일한 일, 그의 마음을 담을 수 있는 유일한 표현은 바로 그녀를 끌어안아 주는 것이었다. 정성을 다해서.

사람을 세련되게 하는 것은 시간이 아니라 경험이다.

바깥은 이미 오래전부터 어두워져서 달빛이 세상의 그림자를 드러내고 있었지만 그들은 피곤한 줄 몰랐다. 새로운 만남, 적어도 특별한 새로운 만남은 늘 이런 효과가 있다. 그런 사람을 만나면 졸리지 않을 뿐더러 절대 피곤하지도 않고 끊임없이 상대에게 내가 살아온 이야기를 들려주고 싶으며 좋아하는 노래와 재미있게 읽은 책을 모두 나누고 싶어진다. 잃어버린 어린 시절과 삶이 느끼게 한 환멸을 되새기고, 마침내 함께 희망을 꿈꾸고 싶어진다. 서로를 잘 알게 되어 진심으로 믿고 사랑하며 입 맞추고 싶어진다. 새벽의 씁쓸한 고통을 느끼지 않은 채 아침에 함께 잠에서 깨어나 영원히 같이 있고 싶어진다.

두 사람은 토늘리에에서 산 방투 포도주 덕분에 좀 더 흥분했다. 쟈닌 푸캉프레즈는 정비공의 어깨에 머리를 가만히 기댔다. 그 행동은 마침내 마음 놓고 쉴 수 있는 따뜻한 곳에 도착했을 때 내쉬는 안도의 한숨과도 같았다. 아르튀르 드레퓌스가 지금 소파에 앉은 자세는 딱히 편안하지는 않았지만, 스칼렛 요한슨만큼 예쁘고 백조의 깃털처럼 가벼운 창백한 아가씨가 자신의 어깨에 기대고 있다는 사실에 너무도 감동하여 꼼짝도 하지 않았다.

이렇게 금발머리 소방관의 딸은 평화롭게 잠들었고, 연달아 예순일곱 낱말을 말하고 실종된 삼림관리인의 아들도 꿈을 꾸기 시작했다.

현관문을 두드리는 우레 같은 소리에 그들은 잠이 깼다.

아르튀르 드레퓌스는 왼팔에 심하게 쥐가 난 나머지 마비되어 엑토르프 소파에서 일어나는 데 애를 먹었다. (그때까지 장장 여섯 시간 가량 쟈닌 푸캉프레즈의 어여쁜 얼굴을 받쳐 주었던 바로 그 왼팔이다. 이런 상황도 모른 채 그녀는 미소를 지으며 잠에서 깼다.)

문 앞에는 PP 사장이 서 있었다. 얼굴은 흙빛에, 입은 잔뜩 일그러져 있었다.

– 이 미친 녀석, 도대체 뭐하고 있는 거야? 한 시간도 넘게 기다렸잖아. 아홉 시에 시장님의 르노 메간 차량이 예약되어 있는 거 몰라!

열을 내던 PP 사장은 삼인용 소파에서 살짝 기지개를 켜는 쟈닌 푸캉프레즈를 발견하더니 깜짝 놀라 얼이 빠져 버렸다. (텍스 에이버리 감독의 애니메이션 〈레드 핫 라이딩 후드〉에서 섹시한 여주인공이 지나갈 때, 파렴치함이 뚝뚝 묻어나던 늑대의 표정을 기억하는가?) 아니, 그러니까 그 여배우 이야기가 헛소리가 아니었어? 휘파람을 불며 그가 말했다. 우와, 이게 누구야? 안젤리나 졸리인가? 안젤리나 졸리가 맞나? 정말 아름답군. 아, 하느님 맙소사. 이런, 젠장. 이런, 젠장. 아르튀르 드레퓌스는 난생처음 잘생긴 남자의 기분을 느꼈다. 선택받은 사람이 된 기분이었다. 그리고 여러 브랜드의 차량을 다루는 자동차 정비소 주인이자 두 번 이혼하고 세 번 결혼한 PP 사장은 난생 처음 마음이 가는 대로 말했다. 이 친구야, 자네가 원하면 조금 늦게 와도 좋아. 다 이해해 주지. 내가 말했던 마릴린 먼로와 빗방울, 느림,

세심함에 대한 이야기 기억하지? 메간 차는 내가 맡을 테니 자네는 그녀한테나 신경 써.

PP 사장이 문을 닫고 나가는 순간, 쟈닌 푸캉프레즈의 얼굴에 미소가 번지기 시작했다. 곧이어 두 사람 모두 웃음을 터뜨렸다. 그들에게 이 웃음은 곧 행복을 뜻했다.

그리고 모호함, 시작, 가능성, 솔직함이기도 했다.

그는 서둘러 리코레 한 사발을 들이켰다. 그리고 그냥 놔둬. 내가 치울게. 얼른 가서 사장님 도와드려 하는 쟈닌 푸캉프레즈의 말을 뒤로 한 채 정비소로 달려갔다. (머릿속에는 한 가지 생각뿐이었다.) 오늘 정비소에는 덩치가 산만 한 PP 사장이 밑에 드러누워 작업하고 있는 시장님의 메간 차량 외에도 세 건의 주문이 더 있었다. 먼저 주인이 다섯 번이나 바뀌었고 주행거리도 25만 킬로미터가 넘은 BMW 3시리즈 차량 한 대를 점검해야 했다. 그런 다음 PP 사장이 무면허 엉터리가 디자인한 조악한 물건이라고 조롱하는 2005년형 시트로엥 C1의 소음기를 손봐야 했다. 마지막으로 타이어에 펑크가 난 캠핑카 두 대도 수리해야 했다. (롱에 있는 두 개의 캠핑장 중 하나인 르그랑프레 캠핑장은 하천으로 나뉘어 있는 작은 섬 여러 개로 이루어져 있었다. 덕분에 캠핑카 안에서 면도를 하면서 낚시를 할 수도 있었다. 이 캠핑장 사장인 지페 씨는 자동차 혐오증이 있는지, 아니면 이동 혐오증이 있는지는 몰라도 꾸준히 고객들의 타이어에 펑크를 낸 다음, 운 없이 걸려든 관광객들을 타이어 하나당 10프랑에 PP 정비소로 소개해 주었다.)

PP 사장은 아르튀르 드레퓌스와 눈이 마주칠 때마다 과장되게 윙크를 했다. 그 모습이 이탈리아 배우 알도 마시오네처럼 느끼하고 우스꽝스러웠다. 10시에 잠시 휴식하는 동안 그는 말 그대로 질문 공세를 퍼부었다. 하지만 아르튀르의 대답은 한결같았다. 그녀가 우리 집 초인종을 눌렀고, 그게 다예요. 그러자 PP 사장이 투덜거리며 말했다. 나는 바보도 사기꾼도 아니라고. 그런 절세미녀가 우리 집 초인종을 누를 일은 절대 없어. 하지만 진 해크만처럼 잘생긴 내 얼굴과 리노 벤추라처럼 탄탄한 내 체격을 다들 좋아하지. 그러니까 안젤리나 졸리가 우리 집에, 아니 우리 정비소에 왔어야 했는데 말이야. 우리 집에는 쥘리(그의 아내)가 항상 부엌에 죽치고 있기 때문에 집으로 오면 안 돼. 아내가 날 잘 해 먹여서 내 배가 이만큼 나온 거라고. 내가 욕실에 5중 분사 샤워헤드를 설치한 뒤부터 아내는 부엌에 있지 않으면 샤워를 하고 있지.

그런데 아르튀르, 내가 한마디만 하겠어. 자네가 아무리 잘생긴 얼굴이라 하더라도 자네는 남자야. 그런 스타를 마음속 깊은 곳까지 만족시키고 황홀하게 하려면, 건장한 남자다운 숨 막히는 무게감이 있어야 해. 알겠어? 무게가 있어야 숨이 막힐 것 같은 느낌이 들고, 숨이 막히면 흥분되지. 모든 여자가 다 그렇게 말한다고. 하지만 자네는 말이야, 어린아이 같아. 자네 다리 사이에 있는 건 꼬리가 아니라 깃털, 아니 작은 깃털, 바람 한 줌 같아서 전혀 숨 막히게 만들지 못한다고. 거기까지 말한 PP사장은 잠시 뜸을 들이더니 외쳤다. 이런 빌어먹을, 빌어먹을, 또 빌어먹을! 그런 다음 그는 마치 담배가 그를 깨물려던 흰 배에 독이 가득한 거미라도 된 것처럼 담배꽁초를 격렬하게 비벼 껐다. 흡사 악당 라스타포풀로스* 같은 모습이었다.

좋아, 이 거지 같은 C1을 고치는 것도 다 끝났군. 툼레이더를 만나러 집으로 들어가. 내가 자네라면 그렇게 하겠어. 이 친구야, 나 같았으면 아예 일하러 오지도 않았을 거야. 가서 그녀를 훔쳐. 그녀를 꽃 피워 주라고. 향수도 뿌리고, 멋진 말도 준비해 가도록 해. 이 멍청한 친구야, 달콤한 말을 잘 활용하라고. 그녀를 꽃이라 생각하고 꺾으란 말이야. 그렇게 예쁜 여자는 기적 같은 존재야. 그녀 덕분에 자네는 더 이상 못나 보이지 않고, 뭇 남자들의 부러움과 질투의 대상이 될 거야. 마릴린 먼로와 나를 생각해 봐. 마릴린과 나 말이지. 내가 자네라면 죽어도 좋다고 생각할 거야.

바로 그때 아르튀르 드레퓌스가 아까부터 생각해 둔 말을 꺼냈다. 그러니까, 사장님, 잘 아시다시피 제가 지난 2년 동안 한 번도 휴가를 쓰지 않았잖아요. 중요한 일이 있을 때 몰아서 쓰라고 사장님이 제 휴가를 따로 모아 두셨죠. 아르튀르 드레퓌스는 숨을 한 번 들이쉬더니 용기를 내어 자작시를 읊었다. 미인/그 무엇보다 위대한 존재/마음보다 위대한 존재/그녀가 사라지면/불멸이 남을 뿐.

---

* 유명 만화 시리즈 〈땡땡의 모험〉에 등장하는 악당.

묘한 얼굴이 되었던 PP 사장이 미소를 지었다. 자애로운 미소였다. 아르튀르, 자네 아주 섬세한 친구군. 말을 씨실과 날실로 삼아 그럴듯한 시를 지을 줄도 알고 말야. 시인이라 해도 되겠어. 그래, 어서 가 봐. 그녀와 떠나라고. 그녀가 날게 해 줘. 둘이 함께 천국까지 날아가 보라고. 자네가 말했듯 불멸의 맛을 즐기라고.

이때가 네 번째 날 아침 10시 30분이었다. 화창한 날이었다.

3

타인의 상처와 마주한다는 것

쟈닌 푸캉프레즈는 이 시기에는 일하지 않았다.

9월이었기 때문이다. 프로닙시아의 광고투어는 신상품 — 일본식 드레스나 오스만 제국 스타일 드레스, 진주로 장식된 코르넬리스타일 레이스 — 이 나오고, 많은 커플들이 밝은 미래를 꿈꾸며 결혼을 약속하는 1월이 되어서야 시작될 예정이었다. 이때가 되면 오로지 예뻐지기 위해, 아니 적어도 영원히 간직할 결혼사진 속에서만이라도 예쁘게 나오기 위해, 예비신부들은 뒤캉 다이어트를 하거나 다이어트 약 누보린을 복용하고 심지어 위 축소술을 받는 등 필사적인 희생을 감행한다.

그녀는 알베르에 있는 막시쿱 마트의 가금류 코너에서 2주일 간 내레이터 모델 일을 했다. 일하는 동안 이따금씩 조롱 섞인 말도 들어야 했다. 닭고기 코너에 영계를 내세웠군이라든가, 너 같은 암

닭은 내가 먹음직스럽게 잘 구워 줄게 등 천박하고 진부한 소리들이었다. 그래도 쟈닌 푸캉프레즈는 그 일을 무척 좋아했다. 그녀는 아주 부드러운 백조 깃털로 만든 의상을 입고 무선 마이크를 한 뒤 4분마다 재미있는 멘트를 했다. 지금 예쁜 암탉들이 조각배를 타고 나왔네요. 닭고기 안심 없이는 아무도 쫓아갈 수 없지요. 주변 상점 주인들은 하나같이 그녀에게 친절했다. 여기서는 커피를 주고, 저기서는 초콜릿을 가져다주었다. 매장 책임자는 루아이알 피카르디 호텔에서 저녁을 사 주었으며, 회계사는 새로 뽑은 재규어 XF로 드라이브를 시켜 줬다. 하지만 모든 호의가 순수한 것은 아니었다.

여자로서의 매력이 드러나기 시작한 열두 살 때부터 쟈닌은 남자들의 음흉한 생각, 몽상, 음란한 소리를 견뎌야 했다. 잘 익은 과일같이 달콤해 보이기도 하고 성당의 성체를 모셔 둔 감실같이 성스러워 보이기도 한 그녀의 입에는 '무어라 말로 표현할 수 없는' (하지만 그것이 무엇인지는 누구나 다 아는) 매력이 있었다. 그 앞에서 남자들은 우울에 빠지고 과격해지고 미쳐 버렸으며 여자들은 경계하고 불안해 하고 잔인해졌다.

쟈닌 푸캉프레즈는 한곳에서 좀처럼 오래 머물지 않았다. 이를 두고 사람들은 그녀에게 방화벽이 있다고 지레짐작하기도 했다. 밥 클램핏이 만든 애니메이션에 나오는 배우 로렌 바콜을 꼭 닮은 캐릭터 로리 비 쿨처럼 말이다. 로리는 가는 곳마다 불을 지르고 보기 고카트의 애간장을 태운다. 사람들은 그녀가 위험하고, 유혹적이라고 생각했다. 강의 신 아켈로스의 딸 세이렌처럼. 그래서 그들은 그녀를 가능한 멀리 쫓아 버렸다.

동시에 쟈닌은 사람들의 이상이고 꿈이었다. 큰 병원들에서는 다른 사람들의 얼굴을 그녀의 얼굴처럼 만들기 위해 10호 메스로 절개했다. 그녀의 커다란 가슴과 가는 허리를 주려고 다른 사람들의 몸을 외과용 메스를 들고 조각했다. 남자들은 쟈닌 푸캉프레즈를 가지지 못해 불행했으며, 여자들은 그녀와 닮지 못해 불행했다.

세상은 외모가 지배하는 대향연이기 때문이다.

하지만 만약 사람들이 사실을 알았더라면 어땠을까? 그녀의 외모는 세계에서 제일 섹시한 여자와 꼭 닮았지만, 그녀의 인생은 끔찍한 상처와 비참함, 치욕으로 점철되어 있다는 사실 말이다.

그 사건 이후, 그녀의 어머니는 딸에게 자신의 품을 굳게 닫아 버리고 다시는 열지 않았다. 어머니들이 딸에게 들려 주는 따뜻한 말도 다시는 입 밖에 내지 않았다. 다시는 손으로 아이의 머리를 빗어 주고 쓰다듬고 토닥여 주는 일도 없었다. 그리고 딸의 일에 눈을 감아 버린 이 어머니의 눈가에도 어느덧 주름이 생기기 시작했고 그녀는 자신이 부엌의 냉장고에 붙어 있는 사진 속 파블로바, 니진스키, 누레예프 같은 무용수가 절대 될 수 없다는 것을 알았다. 에샤페 바튀나 시손 르티레 같은 동작을 무대에서 멋지게 해낼 일은 결코 없으리라는 것도. 그러자 어머니의 침묵은 점점 더 위협적이었다. 엄마, 나한테 말 좀 해요. 쟈닌은 부탁했다. 애걸했다. 무슨 말이라도 해요. 이야기 좀 해요. 제발요. 부탁이에요. 입 좀 열어요. 그녀는 애원했다. 욕이라도 해요. 원한다면 욕을 해도 좋아요. 원한다면 나한테 다 퍼부어요. 하지만 나를 이 상태로 내버려 두지만 말아요. 침묵 속에 버려 두지만 말아요, 엄마. 물에 빠져 죽듯, 침묵에 빠져도 죽어요. 엄마도 잘 알고 있잖아요. 엄마가 나한테 바라는 게 그런 게 아니라고 말해 줘요. 여전히 내가 엄마 딸이라고 말해 줘요.

때로는 침묵도 말만큼 폭력적이다.

쟈닌 푸캉프레즈가 막 아홉 살이 되자, 어머니는 그녀를 생토메르에서 도서관 사서로 일하는 이모에게 맡겼다. 이모는 상냥한 사람이었고, 집배원으로 일하는 이모부와의 사이에 아이가 없었다. 참고로 이모부가 집배원이고 이모가 사서라는 사실과 아이가 없다는 사실은 아무런 상관이 없다. 이들은 아기자기하고 예쁜 작은 빌라에서 살았는데, 말로브 연못과 보세주르 연못 방향으로 정원도 나 있었다. 난 이모네 집에서 컸어. 쟈닌 푸캉프레즈가 말했다. 이모부는 일찍 출근했어. 집배원이니 그래야 했지. 이모부가 편지를 배달하러 집을 나서면 이모는 그 즉시 셀린 디옹의 음반을 틀었어. (아, '펠리스 나비다(Felice Navida)'나 '잇츠 올 커밍 백 투미 나우(It's All Coming Back to Me Now)' 같은 것들이었지.) 우리는 음악에 맞춰 부엌에서, 거실에서 춤을 췄어. 스타들이 하는 것처럼 계단을 내려가면서 노래를 부르기도 했어. 웃음이 그치질 않았지. 행복한 시간이었어. 그러다가 8시가 되면 나는 학교로 갔고 이모는 도서관으로 출근했어. 저녁이면 우리는 소설을 읽거나 TV를 봤어. 이모부는 식탁에 앉아 10세기경에 생토메르의 기원이 된 수도원이 세워지면서 시작된 생토메르 운하의 역사에 관한 조금 지루한 책을 썼어. 난 착한 아이였어. 이런 시간은 그리 오래가지 않았지.

열두 살이 되자, 엉터리 사진가가 '영성체 때 주는 얇은 빵조각만큼이나 희미하고 달콤한 찌찌'라고 표현했던 그녀의 조그맣던 가슴이 어마어마해졌다. 이런 변화는 그녀에게서 어린 시절의 달콤함과 셀린 디옹의 멜로디를 앗아 가고, 남자들이 그녀를 오로지 색욕의 대상으로 보게 만들었다.

아르튀르 드레퓌스의 첫 번째 유급 휴가는 그렇게 시작되었다. 이 집에는 작은 정원이 딸려 있지 않아서 (집값이 합리적인 데는 이유가 있었다) 그들은 대신 거실 바닥의 털이 긴 양탄자(이것도 이케아 제품, 133×195, 작은 2인용 침대 크기다) 위에 길게 누웠다. 그래도 그들은 황금빛 미나리아재비 꽃에 둘러싸여 폭신한 풀숲 위에 누워 있는 양마냥, '버터를 좋아해?'* 놀이를 하고 있는 어린 아이들마냥, 즐거워했다. 만약 이웃이 도베르만 대신 치와와를 좋아하기만 했더라면 어린 아르튀르도 느와이야와 이 귀여운 놀이를 하며 놀았을 것

---

* 아이들이 서로의 턱 밑에 미나리아재비 꽃잎을 비춰 그 금빛을 반사시키며 "버터를 좋아해?"라고 묻는 놀이.

이다.

쟈닌 푸캉프레즈는 거실 천장이 하늘이라도 되는 것처럼 바라보며 미소 지었다. 하얀 새와 구름이 있어서 당신을 세상 반대편으로 데려다주는 하늘, 유행가에 나오는 연인들의 눈동자와 같은 파란 하늘 말이다. 그녀가 누리지 못했던 천진한 어린 시절의 느낌이 아주 잠시나마 그녀를 스쳤다. 얼굴도 기억하지 못하는 소방관 아빠의 다정함과 차가웠던 무용수 엄마의 따뜻함이 그녀를 감싸는 것 같았다. 소녀 시절 해 보았다면 좋았을 상냥하고 무구한 소년과 손을 꼭 잡는 그런 기분 또한 느꼈다. 이건 단순한 삶에 대한 꿈이었다. 너무 순진한 생각일지는 몰라도 그녀는 단순한 삶에 행복의 열쇠가 있다고 생각했다. 한숨을 쉬자 그녀의 가슴이 부풀어 올랐다. 하지만 쟈닌 푸캉프레즈는 누워 있었기 때문에 러스 메이어* 스타일로 가슴이 커지지는 않았고, 덕분에 우리의 정비공 또한 기절하지 않았다. 그녀의 가슴이 한 번, 두 번 부풀어 오른 다음 가라앉았다. 그녀는 가져 보지 못한 추억에 젖어 말했다.

– 당신과 같이 있어서 좋아.

그러자 모든 죄악의 성전과 같은 그녀의 특별한 육체와 아주 가까운 곳에서 한참 부동자세로 있느라 뻣뻣하게 굳어 버린 아르튀르 드레퓌스의 손가락이 다시 움직이기 시작했다. 손가락들은 수

---

* 1960, 70년대 성인영화의 개척자로 불리는 영화감독.

줌은 다섯 마리 발 없는 작은 도마뱀처럼 천천히 꾸물거리며 영화 속에서 이완 맥그리거의 손을 잡았던 그 손과 쌍둥이처럼 닮은 그녀의 손을 잡으려 했다. 그의 손가락이 다다르자, 쟈닌 푸캉프레즈의 손이 씨방을 지키는 다섯 장의 부드러운 꽃잎처럼 열리더니 라이언 고슬링과 닮았지만 '더 잘생긴' 그의 손가락을 맞아들였다.

그러자 라이언 고슬링을 닮았지만 '더 잘생긴' 그가 그녀의 손을 꼭 쥐더니 끌어당기며 벌떡 일어났다.

– 자, 이리 와!

그녀도 몸을 일으켰다. 아니, 거의 튀어 오르듯 일어났다. 아르튀르 드레퓌스가 미소를 지었다.

중학교 3학년 때의 어느 날이 떠올랐다. 막 총각 딱지를 뗐던 친구 알랭 로제와 함께 삼염화에틸렌을 흡입하고서, 들어 본 적도 없었던 비발디의 성가 스타바트 마테르를 불러 재꼈던 날이었다. 마치 그날처럼 그의 머리가 빙빙 돌았다.

크리스티안 플랑샤르는 평소 건강이 좋고 규칙적으로 요가를 한 덕분에 심장마비는 피할 수 있었다.

크리스티안 플랑샤르는 생앙투안 로에서 자기 이름을 걸고 미용실을 운영하면서 DVD 대여도 하고 잉크 카트리지와 레이저 프린터 토너 충전 서비스도 제공했다. 아무튼 크리스티안 플랑샤르가 규칙적으로 요가를 하지 않았고 감정도 조절할 줄 몰랐더라면 스칼렛 요한슨이 (그렇다, 스칼렛 요한슨이다!) 귀엽게 생긴 정비공과 함께 미용실 문을 열고 들어오는 것을 보고 놀라 그 자리에서 쓰러져 죽었을지도 몰랐다.

그러나 크리스티안이 놀라서 입을 크게 벌리는 순간 손에 들고 있던 가위가 갑자기 접히면서 은퇴한 영어 선생님 미스 티리아르가 오랫동안 처녀의 상징처럼 고수해온 앞머리를 건드리고 말았다.

미용실 안을 가득 채우던 온갖 수다와 잡담, 스멀스멀 퍼져나가던 동네의 소문들이 일순간 멈췄다. 시간이 멈춘 것 같았다. 머리카락 한 올이 떨어지는 소리도 다 들릴 정도였다.

누군가 스마트폰으로 사진을 찍어 아주 희미하게 찰칵 하는 소리가 나자, 이 미세한 소음이 일상으로 복귀하는 신호음이 되었다. 크리스티안 플랑샤르가 서둘러 말했다. 요한슨 양, 정말 영광이네요. 혹시 저희 지역에서 영화 촬영 중이신 건가요? 우디 앨런 감독과 작업하는 거 아닌가요? 그분은 프랑스를 참 좋아하시잖아요! 그리고 클라리넷 연주도 너무 잘하시죠! 머리카락이 정말 아름답네요. 금발이 아주 멋져요. 4월의 밀밭이나 한여름의 조밥나물 꽃밭 같은 색이에요. 당신은 실물이 훨씬 더 아름답네요. 아르튀르 드레퓌스가 말을 잘랐다. 이 사람 머리를 짧게 자르고 검은색으로 염색해 주시겠어요? 이 말에 크리스티안 플랑샤르는 이해할 수 없는 말을 들은 것처럼 잠시 당황하더니 곧 정신을 붙잡았다. (그녀는 이 대목에서 평소에 요가의 브루잔가사나, 혹은 코브라 자세를 연마해 둔 것에 마음속으로 감사했다. 이 자세는 난관 앞에서도 자신감을 갖게 하고 삶을 살아가는 데 필요한 힘을 준다.) 검은색이라고요. 물론이죠. 물론이고말고요. 샹탈, 어서 요한슨 양을 도와드려요. 샴푸 준비해요, 스페셜로. 어서 서둘러요. 아, 티리아르 선생님……, 이 새로운 앞머리 스타일이 참 잘 어울리시네요. '구조 파괴적'인 스타일이라고 하는데, 요새 사람들이 다 이런 앞머리를 해 달라고 한답니다.

사람들이 모두 이 최고의 여배우를 맞으려고 바삐 움직이는 가운데, 쟈닌 푸캉프레즈는 까치발로 서서 아르튀르 드레퓌스의 뺨에 입 맞추더니 귀에 대고 땡큐*Thank you*라고 속삭이며 미소 지었다. 35억 남성들의 얼을 쏙 빼놓았던 바로 그 미소였다. 쟈닌 푸캉프레즈의 심장박동이 좀 더 빨라졌다. 아르튀르가 원하는 사람은 그녀가 닮은 누군가가 아닌 바로 그녀였다.

쟈닌 푸캉프레즈의 잘려나간 금발 머리가 거침없이 바닥에 떨어지면서 그녀 주위로 황금 왕관을 그리더니 곧이어 엷은 황갈색 양탄자를 이뤘다. 그러는 동안 아르튀르 드레퓌스는 귀퉁이가 떨어져나간 잡지들(이 잡지들은 스도쿠와 십자낱말 맞추기가 다 맞춰져 있고, 요리법 부분은 스크랩 되어 버렸으며, 불쌍한 데미 무어와 경박하게 생긴 그녀의 젊은 애인의 얼굴에 볼펜으로 콧수염이 그려져 있었다)을 읽으며 기다렸다. 잡지 '퍼블릭'을 넘겨보던 그의 눈에 로버트 다우니 주니어와 기네스 펠트로, 그리고 스칼렛 요한슨이 출연한 〈아이언맨2〉의 개봉에 관한 기사가 들어왔다. 이 영화에서 블랙위도우로 분한 스칼렛 요한슨은 긴 빨강머리를 하고 몸에 꼭 맞는 검은색 의상을 입고 있었는데, 혼을 빼놓을 것 같은 가슴이 도드라졌다. 크리스티안 플랑샤르가 염색약을 바르기 시작했다. 아르튀르 드레퓌스는 이번에는 피플 잡지를 집어 들고 철지난 별자리 운수를 읽었다. 계속해서 잡지를 뒤적거리던 그는 외음부 축소술을 받은 한 여성의 놀라운 경험담을 읽게 되었다. 지금껏 아르튀르는 '님프'* 하면 신화 속의 신비로운 소녀 아니면 아버지한테서 배웠듯 곤충의 변태 단계 중 하나라고만 생각했다. 그런데 오늘 그는 님프의 새로운 의미와 함께 여성들이 외음부도 성형외과의 메스에 맡긴다는 사실을 알게 되었다. "수술 전에는 외음부의 음순이 대롱대롱 매달려 있는 게 꼭 칠면조 목에 있는 늘어진 살 같았어요. 하지만 수술을 받은 다음에는 어린 소녀의 외음부처럼 신선하고 매끄러워졌답니다." 그는 몸에 소름이 쫙 돋았다. 거짓은 어디서나 쉽게 통한다.

두 시간 후 — 그동안 미용실에서는 요한슨 양과 귀엽게 생긴 청년을 위해 두 번이나 데데 라프리트에 가서 커피를 사 왔다. 크리스티안 플랑샤르의 말처럼, 그녀의 미용실은 겉은 소박하지만 서비스 정신은 투철했다 — 쟈닌 푸캉프레즈의 머리는 소년처럼 윗부분이 덥수룩한 커트 머리로 변했다. (영화 〈니키타〉를 기억하는 사람이라면 안느 파리오의 머리 스타일을 떠올리면 된다.) 그 자리에 있던 사람들은

---

* 외음부 축소술을 님포플라스티nymphoplastie라고 한다.

이구동성으로 새로운 헤어스타일에 감탄했다. 물론 금발을 늘어뜨리거나 틀어 올린 그녀의 모습에 익숙해 처음 봤을 때에는 조금 놀랐지만, 이렇게 해도 너무 잘 어울리고 세련되어 보인다고들 찬사를 늘어놓았다. 쟈닌 푸캉프레즈는 크리스티안 플랑샤르와 나란히 서서 인증샷을 찍어 줬다. 플랑샤르는 이 사진을 다음날 확대해서 액자에 넣어 계산대 뒤쪽 벽에 걸 예정이었다.

미용실을 나서면서 그녀는 아르튀르의 팔 아래로 자신의 팔을 슥 밀어 넣었고 모두의 박수 속에서 걸어나갔다. 이날 그 자리에 있었던 모든 사람들에게 이 아름다운 커플은 빛이 만든 환영처럼 느껴졌다. 그 누구도 그때부터 마흔여덟 시간이 채 지나기도 전에 암흑이 모든 것을 쓸어 가리라고는 꿈에도 짐작하지 못했다.

그 일곱 번째 날은 불길하게도 검은빛과 자주빛을 띠었다.

그들은 정비소까지 가서 PP 사장에게 자동차 수리 기간 동안 손님에게 대여하는 서비스용 차량(낡은 혼다 시빅) 한 대를 빌렸다. PP 사장은 칭찬을 아낄 줄 몰랐다. 어제보다 더욱 아름다우시네요, 안젤리나 양. 쟈닌 푸캉프레즈는 눈부신 미소로 답했다.

아르튀르 드레퓌스는 롱에서부터 32킬로미터를 달려 그가 예약한 레스토랑 를레 데조르페브르가 있는 아미앵까지 갔다. 그는 가는 동안 내내 신중하게 운전했다. 운전대를 잡고 있을 때 동행한 사람과 대화하면 언제나 집중력이 조금 흐트러지기 마련인데, 두 사람은 이야기를 멈출 줄 몰랐기 때문이다. 미용실에 갈 생각을 다 하다니, 고마워. 그녀가 말했다. 새로운 머리 스타일이 아주 잘 어울려. 그가 말했다. 그렇게 생각해? 응. 그녀의 볼이 발그스름해졌다. 그도 마찬가지였다. 지금 날 어디로 데려가는 거야? 기대해, 깜짝 선물이야. 난 깜짝 선물이 좋더라. 당신 맘에 들었으면 좋겠어. 분명 그럴 거야. 지난 3월에 당신을 보게 된 건 정말 큰 행운이야. 그때 보았던 당신은 정말 잘생겨 보였지. 부끄러워, 그만해. 그 꼬마 여자아이를 자상하게 대하는 모습이 어찌나 감동적이던지. 그리고 그 아이의 미소도. 아, 그 아이의 미소가 얼마나 멋졌는지, 그때부터 난 거의 매일 당신 생각을 하게 되었어. 당신은 내가 바보라고 생각할 거야. 아닌데. 난 그때부터 당신을 만나길 꿈꿨어. 당신이 그 소녀한테 그랬던 것처럼 나도 웃게 만들어 주길 바랐어. 그렇다면 당신은 정말 바보일지도 모르겠네. 우리 친구가 되자. 그리고 우리…… . 32킬로미터 내내 두 사람의 대화는 계속되었다.

그들의 대화는 청소년들이 멋 부리며 하는 말 같기도 했다. 매력을 보여 주려고 애쓰는 한편 수줍고 사랑스러웠으며, 서로에 대한 무한한 인내심이 있었다. 어떤 가능성이든 열려 있기에 무엇이든 다 말할 수 있는 그때, 특별한 규칙도 순서도 없이 자연스럽게 내뱉어지는, 글 이전에 존재하는 그런 말이었다.

아르튀르 드레퓌스의 태도에는 지나친 정중함도 성급함도 없었고, 쟈닌 푸캉프레즈의 태도에도 과장된 요염함은 찾아볼 수 없었다. 다만 짧아진 머리카락을 만지작거리며 새로운 머리에 익숙해지려는 그녀의 몸짓에는 어딘가 조심스럽고 마음을 울리는 데가 있었다. 그 모습에 그는 행복해졌다. 마침내 그 유명한 레스토랑에 도착하자, 그녀가 그의 팔에 손을 얹고 말했다.

– 나한테서 스칼렛의 모습을 보지 않으려 애써 줘서 고마워, 아르튀르. 나에게로 와 주려 해서 고마워. 나를…… 내 모습을 봐 주려 해서 고마워.

아르튀르 드레퓌스는 미소 짓고는 아무 말도 하지 않았다. 할 말이 없었기 때문이다.

장 미셸 데클루 셰프가 운영하는 레스토랑 를레 데조르페브르에 도착한 그들은 트라디시옹 메뉴를 주문했다. 이 메뉴는 1인당 30유로나 했다. 아르튀르 드레퓌스는 원래 검소한 정비공이었지만 그래도 PP 사장이 말했듯, 마릴린 먼로처럼 멋진 아가씨와 함께라면 그 정도 지출은 감수해야 한다고 생각했다. 어차피 이제 내일 죽는다 해도 여한이 없을 것 같았다. 아니, 당장 그 자리에서 죽어도 좋다고 생각했다. 돈은 중요한 게 아니라고 하지 않던가? 그는 이 순간 완전히 카르페 디엠*이었다.

(요리에 관심이 있거나 궁금해 하는 독자들을 위해 트라디시옹 메뉴를 잠시 소

---

* 현재에 충실하고 지금 이 순간을 즐기라는 라틴어 금언.

개하겠다. 이 메뉴의 전채로는 검은색 훈제 대구살에 브로콜리 크림을 넣어 바삭하게 구운 파이가, 메인으로는 해초가 가미된 버터를 발라 구운 대구 등심과 함께 달콤한 바스크산 피킬로 고추즙이 들어간 햄을 과자처럼 바삭하게 구워서 낸 요리가 나온다. 마지막으로 후식은 작은 수레 위에 준비된 치즈 명인 쥘리앵 플랑숑의 다양한 치즈 또는 디저트 메뉴 중에서 선택할 수 있다. 30유로라는 가격이 합리적인 이유는 바로 이 때문이다. 30유로로 후식까지 먹을 수 있다.)

식당에 있던 사람들은 당연히 그들을 곁눈질했다. 특히 그녀에게 시선이 집중되었다. 그녀를 눈에 띄지 않게 손가락으로 가리키는 사람들도 있었다. 흥분한 손님들이 여기저기서 숙덕거렸다. 아르튀르 드레퓌스는 이 사람들의 인생은 지루한 모양이라고 생각했다. 잘 차려입은 한 남자도 쟈닌을 보고 있었다. 그 남자는 아주 예쁜 여자와 함께 있으면서도 쟈닌뿐 아니라 다른 여자들을 계속 흘깃거렸다. 마치 다른 남자들의 전리품이라도 구경하는 듯이 말이다.

삶이란 늘 이런 식의 외모의 대향연이다.

쟈닌 푸캉프레즈는 스칼렛 요한슨처럼 반짝이는 장밋빛 광대를 가졌다. 비록 새로운 헤어스타일 덕분에 글래머 여배우와 이미지는 달라졌지만, 그래도 여전히 닮았다는 것은 인정하지 않을 수 없었다. 신이시여. 아르튀르 드레퓌스는 그녀의 아름다움에 또 감탄했다. 이로써 마침내 그녀는 유일무이한 특별한 존재가 되었다. 아르튀르 드레퓌스 이전에는 누구도 그녀의 참모습을 보지 못했다. 그녀의 얼굴도, 그 얼굴에 비친 어린아이와 같은 기쁨도 보지 못했다. 많은 남자들과 마찬가지로 그도 그 순간 그녀가 들고 있는 작은 스푼이 될 수 있다면 죽어도 좋다고 생각했다. 그녀는 그 스푼에 브로콜리 크림을 가득 담아 탐스러운 입술로 가져갔다. 입에서 나온 스푼은 마치 눈물처럼 반짝거렸다. 우디 앨런 감독도 영화배우 우슬라 안드레스가 신는 스타킹이 되고 싶다고 꿈꿨던 적이 있지 않은가.

　이렇게 맛있는 음식은 처음이야. 쟈닌 푸캉프레즈가 감동을 받아 촉촉해진 눈으로 말했다. 닭고기 코너에서 일할 때 막시쿱 마트의 매장 책임자와 루아이알 피카르디 호텔에서 먹었던 피셀 피카르드만 빼고 말이야. (앞에서와 마찬가지로 요리에 관심 있는 분들을 위해 부연하자면, 피셀 피카르드는 햄과 버섯을 넣은 크레이프를 오븐에 구운 요리로 열량은 100그램당 420칼로리다.) 하지만 끔찍한 시간이었어. 그녀가 이어서 말했다. 그 인간은 음식을 순식간에 먹어치우더니 나를 음흉한 눈으로 훑어보면서 땀을 흘리더라고. 루아이알 호텔의 객실이 얼마나 멋진지 궁금하지 않냐고 물었어. 저녁 식사 후에 소화시킬 겸 객실에서 조금 쉬면 좋을 거라면서 말이야. 피셀 피카르드는 치즈 그라탕처럼 조금 거한 음식이라는 등 했지. 그 책임자는 가히 10톤은 되어 보였어. 유부남에다 다 큰 딸이 둘이나 있으면서 자기 딸뻘 되는 아가씨들의 꽁무니를 쫓아다닌 거야.

　아르튀르 드레퓌스가 뭔가 물으려 했지만, 그녀는 가벼운 어깻짓으로 그의 말을 가로막았다. 작은 스푼은 그녀의 마법과 같은 입술을 살짝 스쳤고, 그녀는 웃으며 말했다. 아르튀르, 무슨 생각을 하는 거야? 난 피셀 피카르드 하나 때문에 아무하고나 자는 사람이 아니야. 그는 힘겹게 미소 지었다.

- 당신은 입이 참 예뻐. 두 입술이 무척 아름다워.

- 그래, 맞아. 그래서 남자들이 그런 뻔뻔스러운 행동을 하는 거야. 아르튀르, 난 천박한 남자건, 아첨하는 남자건, 서툰 남자건, 아주아주 잘생긴 남자건 다 한번씩은 겪어 봤어. 늙은 남자건, 쩨쩨한 남자건, 쓰레기 같은 놈이건, 진드기 같은 놈이건 다 겪어 봤다고. 다들 어떻게든 나한테 접근하려 했지. 꽃다발, 초콜릿, 피셀 피카르드, 돈 등 온갖 공세를 받아 봤어. 어마어마한 금액을 제시받은 적도 있었지. 모욕적이었어. 다들 벼락 맞아 마땅한 인간들이야. 한번은 다이아몬드 반지를 내민 사람도 있었어. 하지만 청혼을 한 건 아니었어. 나중에는 그냥 아파트 한 채만 장만해 주었지. 마치 창녀에게 그러듯 말이야. 가죽 인테리어의 피아트 500도 주더라고. 자동차 색도 내 마음에 드는 것으로 고르라고 했어. 하지만 한 번도 신사다운 남자를 만나지 못했어. 진짜 신사 같은 남자 말이야. 아무런 대가도 바라지 않고 행동하는 것이 바로 신사적인 거지. 아르튀르, 당신이 처음이야. 그런 남자는 여자의 마음을 움직여.

아르튀르 드레퓌스의 심장이 살짝 조여들었다. 세상 어떤 엔진이라도 (그리고 아마도 언젠가는 사람의 마음을) 다 해체했다가 조립할 수 있는 그의 꺼칠꺼칠한 손이 쟈닌 푸캉프레즈의 부드럽고 말랑말랑한 손을 잡으려는 찰라, 바로 그들 옆에서 작은 목소리가 들렸다.

　- 사인 좀 해 주세요, 스칼렛?

　그들이 앉아 있는 테이블 옆에 통통한 어린 소녀가 서 있었다. 그 아이는 사인을 받기 위해 쟈닌 푸캉프레즈에게 메뉴판을 내밀며, 애정과 숭배가 가득 담긴 눈으로 뉴욕에서 온 여배우를 올려다보고 있었다. 절대적으로 순종하는 바셋하운드같이 촉촉한 눈이었다. 마치 성녀 베르나데타 수비루*의 꼬마 적 모습 같았다. 난 앵커 장-피에르 페르노나 파탈 피카르** 사인은 받아 봤지만 아줌마처럼 대단한 배우의 사인은 받아 본 적이 없어요. 그러자 쟈닌 푸캉프레즈의 아름다운 눈망울에 눈물이 그렁그렁 맺혔다. 그녀는 그 경이로운 배우의 모습을 감추는 데 실패한 짧은 검은 머리카락을 두 손으로 감쌌다. 겁먹은 소녀가 한 발 뒤로 물러서자 여배우는 자리에서 급히 일어서면서 조금 전까지 앉아 있던 의자를 넘어뜨리고 눈물을 흘리며 달아났다. 아이는 입술을 떨며 입을 꼭 깨물었다. 제가 뭘 잘못 한 거죠? 하지만 아르튀르 드레퓌스도 벌떡 일어나 테이블에 식사값을 던지고 ― 미국 드라마 〈소프라노스〉에서 이런 경우에 그렇게 하는 것을 본 적이 있었다 ― 쟈닌 푸캉프레즈를 쫓아갔다. 마치 행복을 좇는 것처럼.

　그녀는 밖에서 서비스용 차량의 보네트 위에 앉아 있었다.

＊ 루르드에서 성모의 발현을 목격하고 명을 따라 사후 성녀로 시성되었다.
＊＊ 2007년 유로비전 가요제에 프랑스 대표로 참가했던 4인조 밴드.

아르튀르 드레퓌스는 이런 상황에서 어떤 말을 해야 할지 전혀 몰랐다. 그는 차에 시동이 걸리지 않는다고 우는 여자나 배전기 캡이 떨어져나갔다고 우는 여자는 얼마든지 달랠 수 있었다. 하지만 미국의 어느 유명인에게 인생을 도난당했다며 울고 있는 한 젊은 아가씨의 마음을 고쳐 줄 방법은 몰랐다. 그래서 그는 그녀의 손을 잡는 모험을 감행했다. 용감하게 손길을 뻗어 그녀의 짧은 머리를 쓰다듬었다. 그녀의 눈에 맺힌 눈물방울도 닦아 주었다. 그는 PP 사장이 말하는 남성적인 모습을 보이려고 잔잔하면서도 뜨겁게 호흡하려 애썼다. 그녀가 그의 숨결 속에 자신을 온전히 맡기고 평화로움을 느끼며 그 누군가와 멀리, 아주 멀리 떨어져 지내게 해 주고 싶었다.

몇 분이 지나서야 쟈닌 푸캉프레즈는 다시 마음을 진정시킬 수 있었다. 아르튀르를 올려다본 그녀는 정비공의 눈 속에 빠져들었다. 두 사람 사이에는 소리 없는 말이 오갔다. 그녀는 자동차 보네트에서 살짝 미끄러져 내려와 까치발을 하며 몸을 높이고 또 높였다. 부드러운 그녀의 입술이 라이언 고슬링보다 '더 잘생긴' 그의 입술에 포개어질 때까지.

이것이 바로 사랑이 담긴 진정한 첫 키스였다.

이 굉장한 입맞춤 덕분에 아르튀르 드레퓌스는 조금 전 레스토랑에서 있었던 불미스러운 일을 금세 잊었다. 그의 심장은 날아가

는 듯했고, 그의 영혼은 깡충깡충 뛰어다니는 듯했다. 마치 아기 사
슴 밤비라도 된 듯했다.

그는 자동차 옆 좌석에 쟈닌 푸캉프레즈를 태우고 운전하면서
마침 라디오에서 흘러나오던 노래를 목 놓아 따라 불렀다. '사랑을
가지고 장난해서는 안 된다네/그래선 안 된다네, 단 하루라 할지라
도/나 때문에 흘리는 그 모든 눈물을/나는 잊지 못할 거라네/우리
는 늘 너무 늦게 깨닫게 되지/별것 아닌 말 한마디, 눈길 하나가/한
순간에 모든 것을 망가뜨릴 수 있다는 것을.' 발도 실리(1950년 이탈
리아에서 태어난 그는 1958년에 루베로 와서 댄스홀과 축제에서 노래하는 가수가
되었다. 그는 가수 제라르 르노르망의 투어에서 1부 순서에 공연하면서 황금기를
구가했다. 그 후 2008년, 루베에서 갑작스런 심장마비로 쓰러졌다. 북쪽 지방의 차
가운 공기가 참으로 가혹할 때가 있다)의 옛 노래를 아르튀르가 시원스레
부르자 닭고기 코너에서 일했던 내레이터 모델은 큰소리로 웃었
다. 두 사람은 서로의 매력에 폭신한 목화밭으로 걸어들어가듯 조
금씩 빠져 들었다. 그 모습이 무척이나 아름다웠다.

발도 실리의 청승맞은 노래를 한바탕 부른 다음, 쟈닌 푸캉프레
즈는 그 길로 단숨에 생토메르로 달려가 이 정비공 청년을 이모에
게 소개할 생각이었다. 마침 아르튀르 드레퓌스의 어머니가 입원
해 있는 병원이 생토메르로 가는 길에 있어서 두 사람은 그곳도 들
르기로 했다. 약속이라도 한 듯 서로를 가족에게 소개시키기로 한
것이다.

아르튀르 드레퓌스의 어머니 테레즈 르카르도넬은 몇 해 전부터 아브빌 종합병원에 입원해 있다. 이곳은 논리력 상실, 정신이상, 환각, 그리고 식인 공포증 같은 잘 알려져 있지 않은 정신과적 문제에도 특화된 병원이다.

정기적으로 알코올(아르튀르의 어머니의 경우에는 특히 마티니)을 과다하게 섭취하면 가옛-베르니케 뇌질환*과 알코올성 치매 또는 코르사코프 증후군이 야기될 수 있다. 절망에 빠진 느와이야의 엄마가 진단받은 병명이 바로 코르사코프 증후군이었다.

테레즈 르카르도넬은 이제 순행성 기억상실과 방향감각상실, 망상, 실인증** 등의 증상을 보이게 될 터였다. 이 병을 앓는 환자는 행복감은 느낄 수 있으나, 반응이 거의 없고 때때로 언어 능력을 상실하기도 한다.

두 사람이 이곳에 도착한 시각은 오후 3시였다.

그녀는 정원에 있는 벤치에 앉아 있었다. 자동차 뒷유리와 좌석 사이의 공간에 장식으로 달아놓은 작은 플라스틱 강아지 인형이 차가 달리는 동안 흔들거리듯, 그녀의 고개가 계속 흔들리고 있었다. 아직 날씨가 따뜻했지만 그녀의 다리에는 담요가 덮여 있었다. 아르튀르 드레퓌스가 다가가서 그녀 옆에 앉았다. 쟈닌 푸캉프레즈는 그대로 뒤에 남았다. 아르튀르와 어머니 사이에 놓여 있는

---

* 티아민 결핍으로 인한 중앙신경체계 이상.
** 감각이나 지능의 이상, 주의력 결핍 등이 없음에도 불구하고 자극을 인식하지 못하는 증상.

단절의 바다가 얼마나 깊고 넓은지 그녀도 이미 알고 있었다. 그의 어머니는 아들에게 고개를 돌리지도 않은 채 말을 내뱉었다. 난 벌써 비스킷이랑 사과랑 다 먹었어. 이제 배 안 고파. 배불러. 저예요, 엄마. 걔들도 이제 배 안 고파. 다들 배가 불러. 비만이야. 걔들이 우리 아이들을 먹어 버렸어. 저 아르튀르예요, 엄마 아들. 아르튀르 드레퓌스가 속삭였다. 조르쥬, 그만해. 날 유혹하지 마. 다 비어 버렸어. 난 이제 심장이 없어. 심장이 다 먹혀 버렸어. 그녀는 여전히 아들을 쳐다보지도 않은 채, 갑작스럽게 경련을 일으키며 말했다. 그만해. 남편이 곧 올 거야. 화를 낼 거라고. 우리 남편. 가 버렸어. 시신은 어디 간 거지? 걔가 먹었어. (그런데 조르쥬는 또 누구란 말인가?)

쟈닌 푸캉프레즈의 시선이 아르튀르와 마주쳤다. 그녀는 눈물이 그렁그렁한 채 슬픈 미소를 지으며 속삭였다.

－ 그래도 말은 하시잖아. 적어도 당신한테 말은 하시잖아.

아르튀르 드레퓌스는 어머니의 어깨에 살그머니 한 손을 얹었다. 마치 작은 참새가 앉은 것 같았다. 그래도 그녀는 움직이지 않았다. 아르튀르의 마음이 일렁였다. 좀 더 일찍 어머니를 보러 왔어야 했다. 엔진오일을 교환해야 하고, 기술 점검을 해야 하고, 스쿠터의 점화플러그를 청소해야 한다는 등 온갖 핑계를 대며, 사랑하는 사람들을 언제나 제일 마지막으로 미뤄 뒀던 것을 뉘우쳤다. 모든 것이 허무했다. 그는 그야말로 순수하고 위험한 곳에서 표류하고 있는 어머니를 비로소 마주하며 생각했다. 나는 나쁜 아들이야.

수치심이 단검이 되어 그의 심장을 꿰뚫었다.

　- 엄마한테 인사하러 왔어요. 엄마 소식도 들으려고요. 원하시면 이런저런 이야기도 들려드릴게요. 제가 어떤 사람이 되었는지 말씀드릴게요. 엄마가 듣고 싶으시다면, 궁금하시다면 말이에요. 그리고 엄마한테 소개해드릴 사람이 있어요. 저도 엄마랑 같이 아빠를 좀 더 기다릴게요. 이 말에 테레즈 르카르도넬이 아들을 향해 천천히 고개를 돌렸다. 그리고 비뚤은 미소를 지었다. 하지만 웃음조차 흉했다. 어머니의 입술 사이로 보이는 치아는 하나 걸러 하나씩 빠져 있었고, 그나마 남아 있는 것들도 싯누렇거나 땜질이 되어 있었다. 가히 충격이었다. 테레즈 르카르도넬은 고작 마흔여섯에 다 망가지고 낡아빠진 노파의 모습이 되었다. 사람을 죽인 도베르만 인케는 사고 후 15년이 지났는데도 어머니의 심장, 어머니의 마음 속 깊은 곳, 어머니의 영혼을 계속해서 갈기갈기 찢고 있었던 것이다.

　그런데 어머니의 보기 흉한 미소가 갑자기 동네 바보나 단순한 어린아이의 순수한 감탄의 미소로 바뀌었다. 어머니는 두 발자국 떨어진 곳에 있던 쟈닌 푸캉프레즈를 떨리는 손가락으로 가리키며 딸꾹질까지 하면서 소리쳤다.

　- 오, 여보, 당신 옆에 엘리자베스 테일러가 있어요! 얼마나 아름다운지…… 얼마나 아름다운지…….

　엘리자베스 테일러는 가만히 다가와 마흔여섯 살의 노파 앞에 무릎을 꿇은 후, 노파의 손을 잡고 그 손에 입을 맞추었다.

　그들은 시립도서관이 막 문을 닫으려 할 때 생토메르에 도착했다. 쟈닌 푸캉프레즈는 청소년 문학 서고에서 로알드 달, 그레구아르 솔로타레프, 제롬 K. 제롬의 책 몇 권을 정리 중이던 이모를 멀찍이서 알아보더니 아기 염소처럼 폴짝폴짝 제자리에서 뛰었다. 그녀는 이모를 향해 달려 갔고, 쟈닌을 딸처럼 기른 사서 이모는 양팔을 벌리고 우레같이 큰 소리로 '쟈닌!'이라고 외치며 기쁘게 그녀를 맞았다.

　이 모습을 바라보던 아르튀르 드레퓌스는 고통스러운 몸속에 갇혀서 비참한 벤치에 앉아 있던 자신의 어머니를 생각하며 슬픈 미소를 지었다. 더 이상 그를 알아보지도 못하고, 더 이상 우레 같은 목소리로 기쁘게 '아르튀르!'라고 부를 수 없는 그의 어머니를 생각했다.

　를루슈 감독의 영화 〈남과 여〉 스타일(우리 쟈닌! 샤바다바다, 이모! 샤바다바다)*로 한 차례 포옹이 끝난 다음, 쟈닌 푸캉프레즈는 아르튀르 드레퓌스 쪽을 손으로 가리켰다. 이모, 아르튀르를 소개해드릴게요. 이모가 알겠다는 듯 짓궂은 표정을 짓자 쟈닌 푸캉프레즈의 얼굴이 조금 빨개졌다. 이모, '제 친구', 아르튀르 드레퓌스예요. 그

---

* 영화 〈남과 여〉의 주제가 '남과 여'의 후렴구를 인용한 것.

런데 이 이름을 듣는 순간 도서관 사서의 얼굴에서는 장난기 어린 표정이 싹 가시고 말았다. 대문자 O 모양을 그리며 경직된 그녀의 입에서 조카 친구의 이름이 거의 들리지 않는 목소리로 간신히 새어 나왔다. 당신이 바로 아르튀르 드레퓌스인가요? 사서 이모는 어쩔 줄 모르는 것 같았다. 아르튀르 드레퓌스? 그녀는 다시 한번 되뇌더니 종종걸음으로 사라졌다.

아르튀르 드레퓌스의 심장이 고동치기 시작했다. 내가 뭐라고 말실수를 했나? 이모님이 나를 다른 사람으로 생각한 걸까? 아니면 나를 보니까 나쁜 기억이 생각난 걸까? 숨겨져 있던 고통이나 과거의 어두운 그림자가 다시 떠오른 걸까? 그렇지 않다면 자기 자신에게 한 거짓말 같은 것 때문일까? 여기에 생각이 미치자, 그랑프레 캠핑장에 묵던 파리에서 온 남자가 생각났다. (그 당시 그 남자는 1986년형 사브 900의 타이어 한 개와 캠핑 트레일러 카라벨에어 베니시아 470의 타이어 한 개가 공교롭게도 동시에 펑크가 나서 카센터를 찾았다.) 그는 자기 말을 들어 주는 사람 누구에게나 자신의 아내가 로미 슈나이더를 닮았으며, 그래서 매일 길거리에서 사람들이 아내를 붙잡고 너무 닮았다고 감탄한다고 주장했다. 바로 그날 아침에도 이 동네 미용실의 프뤼마르인지 플라카르인지 하는 미용사도 닮았다고 했단다. 게다가 그도 독일 출신 여배우 로미 슈나이더야말로 과거와 현재를 막론하고 가장 재능 있고 빛나는 아름다운 여성이라고 생각하기 때문에 아내가 그녀를 닮은 것은 아주 잘된 일이라고도 했다. 그러자 이 말을 듣고 있던 PP 사장이 그에게 물었다. 그렇다면 다 썩어 빠지고 축축하고 모기투성이인 데다 불가사의하게 타이어에 펑크가 나는 캠핑장의 보잘것없는 캠핑카 안에서 도대체 뭐하고 있는 거요? 만약 아내가 로미 슈나이더처럼 아름답다면, 나라면 아내를 맹그로브 나무나 화염목 아래, 아니면 나체로 해수욕할 수 있는 푸른 산호초, 그도 아니면 시원한 폭포가 떨어지는 초록빛 섬으로 데려가서 휴가를 보낼 거요. 옆에 있던 아르튀르도 '물속에서/사랑이 빛나지'라고 중얼거리며 거들었다. PP 사장은 계속 이어서 말했다. 파리에서 온 양반, 만약 당신한테 외모가 그렇게 중요하다면 그녀를 존중하고, 그녀에게 칭송을 퍼붓고, 그녀 주위에 있는 모든 것이 아름답도록 만들어야겠죠. 보석을 담고 있는 보석 상자처럼 말이요. 내 생각은 그렇소. 하지만 그게 아니라면 사람을 있는 모습 그대로 봐야지. 자기가 꿈꾸는 모습 대로 보지 말고 말이요. 그러자 마음이 상한 그 파리 남자가 휴대폰에 저장되어 있던 자기 아내의 사진을 보여 주었다. 하지만 PP 사장도, 아르튀르 드레퓌스도, (마침 그때 혹시나 PP 사장이 있는지, 또는 더 정확히 말해서 'PP 사장이 자리에 없는지' 보러 왔던) 공증인의 아내도 작은 휴대폰 화면 속 사진에서 로미 슈나이더의 모습을 발견할 수는 없었다. 드니즈 파브르의 젊었을 때 모습과 더 비슷한데요! 공증인의 아내가 소리쳤다. 아니면 머리카락만 빼면 샹탈 고야 같소. PP 사장이 말했다. 얼핏 보면 마리 미리암의 모습도 보이는 것 같군. 그러자 파리에서 온 남자는 얼른 휴대폰을 다시 주머니에 넣으며 말했다. 뭘 모르시는군요. 제 아내는 로미 슈나이더와 많이 닮은 게 맞아요. 캠핑장 사장도 닮았다고 그랬다니까요.

이때 도서관 사서 이모가 다시 나타났다. 그녀는 손에 책 한 권을 들고 있었는데, 갑자기 눈에서는 반짝반짝 빛이 났다. 그녀의 손이 조용히 떨렸다. 당신이 바로 이 아르튀르 드레퓌스(Arthur Dreyfus)* 씨인가요? 그 질문에 아르튀르 드레퓌스가 다시 눈을 떴다.

아닙니다.

그 찰나 그는 현기증을 느꼈지만 정확하게 아니라고 대답했다. 저는 그 아르튀르 드레퓌스가 아닙니다. 제 성 드레퓌스에는 S자가 두 개 들어갑니다. 그리고 저는 자동차 정비공입니다. '제 손은/말을 만들어 내지 않아요.' 쟈닌 푸캉프레즈가 이모에게 다가가 책을 집어 들었다. 이게 뭐예요? 그러자 쟈닌의 이모는 미소를 지으며, 발음이 같아서 착각했다며 미안하다고 했다. 내가 어리석었어요. 잠깐 동안 당신이 그 사람이라고, '그 사람일 수도 있겠다'고 생각했어요. 다음 작품을 준비하면서 사전 조사를 하느라 정비공 역할을 직접 체험하나 보다 했어요. 미안해요. 이모, 무슨 말을 하는 거예요? 쟈닌이 목소리를 좀 더 높였다. 이모가 말을 이었다. 나는

---

* 이들이 만나기 7개월 전인 2010년 2월 18일, 갈리마르 출판사는 아르튀르 드레퓌스Arthur Dreyfus(주인공 이름과 철자가 다르다)라는 이름의 작가가 쓴 첫 번째 소설 『La Synthese du camphre』를 출간했다.

아주 오래 전부터 작가를 만나는 게 꿈이었단다. 꼭 유명한 작가는 아니어도 진짜 작가를 만나고 싶었어. 하지만 작가들은 절대 여기 오지 않는단다. 이곳은 너무 작고 먼 데다 습기도 많고 교통비로 지급할 예산도 없거든. 고작 5유로 미만의 식사 한 끼나 제공할 수 있는데, 이걸 가지고는 식당에 가서 오늘의 요리도 먹을 수 없어. 참 유감스러운 일이야. 문고판 한 권보다 샌드위치값이 더 비싼 세상이니 말이야. 먹어야 한다는 사실은 잘 알지만, 꿈꾸는 것도 정말 필요한 일이거든. 이곳의 강수량은 연간 60센티미터이고, 연평균 기온은 간신히 10도를 기록한단다. 사람들은 상들랭 박물관*에 전시되어 있는 도자기를 지겨워 하지. 그래도 작가들 덕에 꿈을 꿀수 있어. 말은 우아함을 되찾고, 강수량과 평균기온 10도 같은 일상적인 것들이 마침내 시가 된단다. '짤막한 악수를 한 뒤/그는 여행을 떠났다/이제 사물만이 남았다.'**

글자 하나만 더하면 당신은 소설가가 되는 거네. 쟈닌 푸캉프레즈가 우울한 미소를 지으며 말했다. 다른 사람이 되었어. 나처럼 말이야.

어느새 밤이 되었다. 생토메르 도서관 앞에서 쟈닌의 사서 이모

---

* 생토메르에 위치한 이 박물관은 아름다운 도자기와 플랑드르 화가들의 작품이 전시되어 있는 것으로 유명하다.
** 「우정」, 『실존』, 장 폴랭, 갈리마르, 1947.

와 헤어진 후, 그들은 다시 길을 떠났다. 이모는 자전거로 퇴근했다. (날씨에 상관없이 매일 이모의 출퇴근 교통수단은 자전거였다 — 오늘날 생토 메르 운하로 불리는 바스 멜딕과 오뜨 멜딕 운하의 역사를 기록하는 삼류작가이자 집배원인 남편과의 연대감을 보여 주기 위해서였다.)

서비스용 차량 안에서 쟈닌 푸캉프레즈는 두 다리를 좌석 위에 올린 채 몸을 웅크리고 앉아 있었다. 간혹 우리가 자신을 재구성해야 할 때, 혹은 단순하게 말해 자신의 내면이 춥다고 느낄 때 하듯 말이다.

– 예전에 한번은 미국에 가서 그녀를 만나 보려 했던 적이 있었어. 그녀가 알았으면 했거든. 그녀의 얼굴, 그녀의 입술, 그녀의 광대, 그녀의 가슴과 꼭 닮은 모습으로 살아야 했던 내 인생이 어땠을지 짐작이라도 해 주길 바랐었지. 자신과 꼭 닮은 도플갱어가 존재한다는 사실, 자신이 유일한 존재, 또는 드문 존재가 아니라는 사실은 그녀에게도 끔찍한 일일 수 있겠다는 생각이 들었어. 석 달 전에 〈보테 콩세이〉* 편집진은 그녀를 '세계 최고의 미녀'로 선정했어. (이 사이트에 올라온 사진 속 그녀는 씁쓸한 미소를 짓고 있었어.) 아르튀르, 내가 세계 최고의 미녀인 거라고. 세상에서 가장 예쁜 여자지만, 내 인생은 세상에서 가장 하찮은 인생이지. 그녀와 나 사이를 갈라놓는 것은 무엇일까? 내가 2년 뒤에 태어났다는 사실? 2년이

---

* 2010년에 오픈한 웹사이트(http://Beaute-Conseils.com).

나 늦었다는 건가? 그녀는 빛이고 나는 그림자라는 것? 어디 한번 우리 인생을 맞바꿔 보면 어떨까?

차창 밖으로는 텅 빈 밭이 끝없이 펼쳐져 있었다. 앞으로 한 달 후면 여기에 밀을 파종하게 되리라. 앞 유리창에 굵은 빗방울이 몇 방울 떨어졌다. 그래도 폭풍우가 몰아치지는 않을 것 같았다.

결국 난 미국에 가지 않았어. 가서 뭘 하겠어? 그녀와 닮지 말라는 말이나 들으려고? 코와 입을 고치세요. 촌뜨기 아가씨, 컬러 렌즈를 끼도록 하세요. 가슴 사이즈를 줄이세요. 자, 가서 알아서 문제를 해결하세요. 그녀와 그만 닮도록 하세요. 자신을 찾으세요. 당신의 보잘것없는 영혼을 찾으세요. 그렇게 가만히 있지만 말고 도망치세요. 더 이상 그녀를 닮지 마세요, 그녀에게 폐를 끼치는 거예요. 정 누군가를 닮고 싶다면 다른 사람을 알아봐서 그 사람을 닮도록 하세요.

아르튀르 드레퓌스는 이 말을 듣자 아미앵의 갤러리 라파예트 백화점이나 잡지에서 가끔 보았던 얼굴들이 생각났다. 그 여성들은 다른 사람을 닮기 위해 광대뼈를 갈고, 볼이 핼쑥해 보이도록 어금니를 뽑고, 관능미를 위해 입술을 부풀리고, 잃어버린 젊음과 날아가 버린 환상을 되찾기 위해 블라인드를 걷어 올리듯 세차게 눈꺼풀을 잡아당겼다. 문득 아르튀르 드레퓌스는 쟈닌 푸캉프레즈의 장밋빛 풋풋함이야말로 자존감을 주는 진정한 아름다움이라고 느꼈다.

결국 난 가지 않았어. 갔는데 만약 그들이 동정이라도 한다면? 내가 괴물일 수도 있으니까. 그들은 나보고 그녀의 도플갱어가 되라고 제안했을지도 몰라. 그녀의 그림자가 되라고. 노래에 나오는 것처럼 그녀의 그림자의 그림자가 되라고 했을지도 몰라. 아니면 그녀가 숨겨둔 새 남자친구*boyfriend*를 만나러 도망가는 동안 나를 뉴욕에 발타자르나 머서*로 보내서 그녀 대신 똥파리들을 몰고 다니게 했을지도 모르지. 베드신에서 그녀의 대역으로 썼을 수도 있고. 사실 영화를 보면 그녀는 베드신에서 소극적이야. 절대로 가슴을 노출하지 않아. 알잖아, 우린 신체 사이즈도 거의 같은 걸. 그녀는 93-58-88이고, 난 90-60-87이야. 내 얼굴로는 난 일자리도 찾을 수 없어, 아르튀르. 그저 작은 슈퍼마켓에서 내레이터 모델을 하거나 웨딩드레스를 파는 일이나 할 수 있지. 그렇게 일하는 동안 모든 남자들이 내 엉덩이에 손 좀 대 보려고 안달이었어. 스칼렛 요한슨을 차지하는 기분을 맛보려고 어떻게든 한번 할 궁리만 했지. 미안. 내가 너무 저속하게 말했지. 내가 지금 슬퍼서 그래.

아르튀르 드레퓌스 역시 슬펐다.

  – 만약 네가 그녀라면 뭘 했을 것 같아?

그러자 쟈닌 푸캉프레즈가 움츠렸던 몸을 펴며 미소 지었다. 한참만의 미소였다.

---

* 발타자르와 머서는 뉴욕의 유명 레스토랑이다.

- 바보 같은 질문이네. 그래도 재미있겠는데. 그렇다면 첫 번째로, 여기 있는 쟈닌 이사벨 마리 푸캉프레즈에게 영구적인 평화를 안겨 주기 위해 자살할 거야. 그다음 내가 형편없이 나왔던 영화 〈러브 송〉의 필름을 모두 찾아내서 불살라 버릴 거야. 세 번째로, 키런 컬킨 같은 애송이와는 자지 않을 거야. 맹세해. 네 번째로, 레너드 코헨과 음반을 내려고 애쓸 거야. 다섯 번째, 자크 오디아르가 감독한 영화를 찍을 거야. 여섯 번째로 루이비통 백이나 로레알 크림을 사용하면 더 예뻐 보인다고 믿게 만드는 그런 종류의 광고는 찍지 않을 거야. 일곱 번째, 사랑스러운 것은 아름다움이 아니라 욕망이며, 두려울 때가 오더라도 인생을 구할 수 있는 노래 하나는 반드시 있는 법이라고 어린 소녀들에게 이야기해 주고 싶어. 여덟 번째로, 이런 내용의 노래를 모두 담은 앨범을 낼 거야. 아홉 번째, 언니 바네사를 위해 영화를 제작할 거고, 엄마에게 사랑을 퍼부어 줄 거야! 열 번째다. 사람들에게 2년 후에 버락 오바마를 다시 뽑으라고 할 거야. 마지막으로, 난 흥행에 성공한 인기스타라 아주, 아주 부자니까 비행기의 일등석 좌석을 탈거야. 그리고 비행하는 동안 테텡저 콩트 드 샹파뉴*를 마시는 거야. 캐비어도 조금씩 먹는 거지. 그리고 이곳으로 올 거야. 그레이스 켈리처럼 나도 내 연기 생활을 마감하고 당신과 함께할 거야. 당신이 원한다면 말이야.

---

* 유명 샴페인 하우스 테텡저 가문의 최상급 샤르도네 샴페인.

아르튀르 드레퓌스는 감격했다.

그는 서비스용 차량을 갓길에 세운 다음 시동을 켜 둔 채 그녀를 응시했다. 그녀는 아름다웠고 뺨은 빛나고 있었다. 정비공의 눈에 눈물이 맺히더니 그녀에게 고맙다고 말했다. '고마워.' 시인 폴랭은 온갖 시어를 멋지게 조합하면서도 이 말을 사용하지 않았다. 분명 귀하고 소중해 그 자체만으로도 충분한, 완벽하게 아름다운 말이 틀림없기 때문이었다. 바로 이 순간 아르튀르 드레퓌스는 그 특별한 말을 하고 싶었다.

하지만 나중에 그들이 다시 길을 떠날 때 이 말은 그에게 이미 낡은 것처럼 느껴졌다.

그들이 도착한 것은 한밤중이었다. 쟈닌 푸캉프레즈는 조수석에서 졸고 있었다. 그들은 롱을 가로질러 마을 위쪽에 있는 32번 국도 옆 아르튀르 드레퓌스의 작은 집에 도착했다.

두 사람은 오는 길에 주유하기 위해 정차하는 동안 그 참에 원두커피도 마시고 (음, 음) 비닐봉지에 포장되어 있는 샌드위치도 먹었다. 이 샌드위치는 무른 데다 맛도 밍밍했는데, 빵의 속살은 입천장에 붙어 버리기까지 했다. 이 없는 사람들을 위한 샌드위치군. 그의 말에 그녀가 피식 웃었다. 그 순간 그들은 이 빠진 아르튀르의 어머니를 떠올렸고 자신들이 잔인하다고 생각했다.

일단 집에 도착하자 쟈닌 푸캉프레즈가 그의 뺨에 가벼운 입맞춤을 하며 말했다. 고마워, 멋진 하루였어, 아르튀르. 어렸을 때 우리 이모와 계단을 내려가면서 '마이 하트 윌 고우 온(My Heart Will Go On)'*을 부르던 시절 이후로 이렇게 즐거웠던 적은 없었어. 말을 마친 후 그녀는 계단으로 침실까지 곧장 올라갔다. 피로와 감정이 몰려와 움직일 기력을 잃은 그녀는 그대로 침대 위에 쓰러졌다.

아르튀르 드레퓌스는 나흘 전부터 자던 소파에 깬 채로 가만히 앉아 있었다.

스칼렛 요한슨의 아름다운 모습을 한 쟈닌 푸캉프레즈는 도대체 어쩌려고 내 인생에 뛰어든 것일까? 그녀는 그가 잘생겼고 귀엽다고 했다. 첫날 저녁에 그를 만난 순간부터 그렇게 말했다. *귀여워, 당신은 정말 귀여워. Cute, you're so cute, so cute.* 그녀는 그가 어떤 소녀의 자전거를 고쳐 준 모습을 마음 속에 간직하고 있었고, 그를 다시 만나고 싶어졌다. 그래서 나흘 전 저녁 무렵에 짝퉁 루이비통 무라카미 백과 일주일도 버틸 수 없는 옷가지 세 벌만 가지고 찾아왔다. 그들은 키스를 한 번 했다. 하지만 그것은 레스토랑에서 스칼렛 요한슨의 모습이 다시 드러나자 떨면서 울던 그녀를 진정시키기 위한 입맞춤이었다. 그러니까 두 사람은 아직 약혼 같은 단계에 있는 것은 아니었다. 그는 그녀를 매력적이라고 생각했다. (뭐니 뭐니 해도 스칼렛 요한슨은 스칼렛 요한슨 아닌가?) 그러나 쟈닌 푸캉프레즈에게도 끌렸다. 그는 옥에 티와 같은 그녀의 결점들이 좋았다.

---

* 셀린 디옹이 부른 영화 〈타이타닉〉의 OST.

그의 내면과 마찬가지로 그녀의 내면 안에도 많은 것들이 부서져 있었다. 이 부서진 것들은 아마도 폴랭이 쓴 시에서와 같이 '하나의 글이 자신들을 해방시켜 주기를 기다리고 있는'* 것 같았다. 하지만 그 다음은? 그 다음은 어떻게 되는 걸까? 아르튀르는 알 수 없었다.

스칼렛 요한슨을 품에 안고 그녀와 함께한다면 그 이후의 삶은 과연 어떤 것일까? 이 스칼렛 요한슨은 그 스칼렛 요한슨이 아니지만, 머리를 앞세워 생각해야 겨우 어리석은 눈을 설득할 수 있었다. 먼저, 스칼렛 요한슨은 오슬로(노르웨이)의 노벨 평화상 수상식장에 마이클 케인과 함께 나타나면서 동시에 롱(프랑스)에 모습을 드러낼 수는 없다. 또한 뉴욕의 코트 극장에서 아서 밀러의 작품 〈다리에서 바라 본 풍경〉에 출연하는 동시에 롱프레-레-코르-생에 있는 식료품 매장 에코마르셰에서 생선의 신선도를 따지고 있을 수도 없다.

만약 진짜 스칼렛 요한슨과 함께하게 된다면 그 이후의 삶은 과연 어떨까? 일단, 그는 그저 그녀의 새로운 또 하나의 남자친구가 된다. 그런데 세간에는 그에 대해 전혀 알려진 바가 없다. 파파라치가 에트르타나 투케 해변까지 그를 뒤쫓을 것이다. 그의 망원렌즈에 그의 왼쪽 다리 위 요근 부위 — 엉덩이에서 10센티미터 아래 지점 — 에 태어날 때부터 모세혈관 이상으로 생긴 장밋빛 점이 포

---

* 「외모」, 『시간들』, 장 폴랭, 갈리마르, 1960

착된다. 이 사진이 공개되면, 이를 두고 연예지들 간에 갖가지 추측이 난무한다. '푸앵 드 뷔'에서는 귀족의 징표라며 놀라워하고, '부아시'는 격렬한 키스 자국이라며 음탕한 눈길을 보내며, '웁스'는 피부암이라고 주장한다. 그렇다. 거짓말은 이런 식으로 시작되는 법이다.

본질은 육체에 있을까? 아니면 무언가 다른 것일까? 이 두 가지 중에 진실은 어디에 있을까?

아르튀르의 머리 속에 온갖 이미지가 뒤섞였다. 그는 몸이 외투와 같다면 어떨지 상상해 보았다. 만약 몸이 더 이상 맞지 않으면, 외투처럼 몸을 벗어서 옷걸이에 걸어 놓으면 된다. 그런 다음, 당신에게 더 잘 어울리고, 당신의 영혼의 실루엣과 마음의 크기를 더 정확하고 우아하게 드러내 주는 다른 몸을 고르면 된다. 하지만 그럴 수 없다. 사람들은 몸을 길들이고 몸에 새로운 어휘와 몸짓을 가르치는 대신 커다란 칼로 몸을 자르고 맞춰 다시 깁는다. 몸은 그 본래의 성질을 잃는다. 이제 몸은 더 이상 그 무엇도 아니다. 누더기가 된 산양 가죽과 같다. 많은 여성들이 달라지고 싶어 한다. 자신과 닮았으되 좀 더 나은 외모가 되려고 한다. 하지만 그런다고 해도 슬픔과 거짓은 여전히 거기에 있다. 이 두 가지는 결코 떠나지 않는다. 얼굴 한 가운데 조그맣게 깎아 놓은 코같이 말이다. 사람은 자신을 버릴 때 동시에 자신을 잃을 수밖에 없다.

아르튀르는 쟈닌이 자기가 겪은 고통을 이야기해 주었기에 여성들의 육체로 받는 슬픔이 얼마나 무거운 것인지 조금이나마 짐작할 수 있었다. 그는 그녀를 위로하려 애썼다. 하지만 쟈닌, 당신은 불행에 빠진 순간에도 아름다워. 스스로 아름답다고 믿고 싶지만 경멸을 담은 눈길을 받을 때마다 조금씩 죽어 가는 못생긴 여자들의 아픔을 당신은 몰라. 마음만은 새처럼, 깃털처럼 가볍지만 육중한 몸에 짓눌리는 여자들의 무게도 당신은 모르지. 우리가 따뜻한 자존감으로 스스로를 비춰 준다면, 다른 사람들의 눈에도 그렇게 보일 거야. 아르튀르가 빙긋 웃었다. 자신의 말들이 자라나 제자리를 맞춰 가며 세상이 어떻게 변화해 가는지 담으려고 하는 것이 느껴졌기 때문이다. 그는 기뻤다. 그리고 자신의 마음을 가장 크게 뒤흔든 것은 기적에 가까운 쟈닌의 몸이 아니라 그녀의 연약함이 아닐까 생각했다.

　- 시인 퐁랭은 '떨리는 나뭇잎의 부드러움'*이라고 했지. 떨리는 나뭇잎의 부드러움. 쟈닌, 믿을 수 없으리만치 놀라운 당신의 부드러움. 그 연약함은 PP 사장조차 점잖게, 심지어 우아하게 말하도록 하고, 또 크리스티안 플랑샤르와 미용실에 있던 모든 여자들을 마치 당신을 둘러싼 요정처럼 상냥하고 유쾌하게 만드는 재주도 있지. 마음을 가라앉혀 주는 당신의 부드러움. 당신을 만나는 것만으로 사람들의 마음이 움직이지. "아름다움은 관능을 자극하죠." 짧아

---

*「느린 것들에게」, 『실존』, 장 퐁랭, 갈리마르, 1947.

진 머리를 보고 당신이 울 뻔했을 때, 미용실의 샴푸 담당 샹탈이 낮은 목소리로 내게 했던 말이야. 당신을 만나면 사람들은 더 관대해지지. 샹탈은 이렇게 덧붙였어. "하지만 아름다움은 위험하기도 해요. 자신을 파괴할 수 있는 것도 끌어당기기 때문이죠." 그리고 나는 당신의 부드러움도 무기나 말처럼 좋은 일을 할 수도 있지만 해 또한 끼칠 수 있다는 걸 알게 되었어. 그날 밤 주유소에서, 하는 짓도 너저분한데 손톱도 더러웠던 그 역겨운 얼간이 자식이 마치 당신이 창녀인 양 말을 던졌을 때처럼 말이야. 어떤 남자들은 가슴 큰 여자는 창녀라고 생각한다니까.

그날, 아르튀르 드레퓌스는 악취 나던 그 얼간이와 하마터면 주먹다짐을 할 뻔했다. 그때 쟈닌은 "그냥 내버려 둬. 당신 손만 더러워질 거야."라며 그를 말렸고, 아르튀르는 그 말이 좋았다. 그녀에게 중요한 사람이 된 것 같았기 때문이다. 하지만 그 생각은 그를 혼란스럽게 했다.

품에 스칼렛 요한슨 — 그러니까 쟈닌 푸캉프레즈 — 를 안고 있으면 더 이상 예전의 자신일 수 없었다. 그녀와 있을 그는 그녀의 것, 즉 '그녀의' 남자였다. 그리고 남자건 여자건 사람들은 그를 관찰했다. 그 시선은 가끔은 친근했지만 보통은 엄격했고 왜 하필 '그'인지 의아해 했다. 그가 그들과 뭐가 그리 다른지, 아르튀르에게 그들에게는 없는 무엇이 있는지 궁금해 했다.

그리고 마침내 답을 찾은 그들은 비참해 했고 잔인해졌다.

아르튀르가 그들에게 박탈감을 안겨 주었기 때문이었다.

아르튀르 드레퓌스가 소파에서 막 잠이 드는 순간, 쟈닌 푸캉프
레즈가 침실에서 내려왔다. 밖에서는 그들이 함께 하는 인생의 다
섯 번째 날이 밝아오고 있었다.

쟈닌 푸캉프레즈는 바닥까지 미끄러져 내려온 이불을 끌어당겨
엄마가 잠든 아이에게 하듯 가만히 정비공의 몸을 덮어 주었다. 순
간 아홉 살 때 돼지 같은 사진가와 욕조 사건 이후, 어머니가 다시
는 그녀를 안아 주지도 이불을 덮어 주지도 않았다는 사실이 떠올
랐다. 쟈닌의 온몸이 부르르 떨렸다. 그날 이후 그녀는 어머니의 품
에 안겨 울지 못했다. 그녀는 더 이상 어머니의 어린 딸이 아니었다.

쟈닌 푸캉프레즈는 물을 끓여서 리코레를 탔다. (집에는 여전히 커피
가 없었다. 두 사람은 아직 함께 장을 보지 못했기 때문이었다.) 그리고 비스킷
두 개를 리코레에 적셨다. (앞에서 말했던 것과 같은 이유로 버터나 잼도 없
었다. 게다가 혼자 사는 스물한 살 남자가 반드시 요리에 소질이나 관심이 있으라는
법도 없다.)

그녀는 그를 바라보았다.

그날, A16 고속도로에서 우유탱크 트럭이 전복되어 우유가 쏟아
지며 도로를 온통 하얗게 뒤덮었다. 프로눕시아 웨딩드레스 광고
투어의 버스 운전사는 어쩔 수 없이 우회도로로 빠져 그녀를 롱까
지, 그녀의 운명에게 데려다주었다. 그날 이후 쟈닌 푸캉프레즈는

그 여자아이의 웃음을 떠올리면 알 수 없는 그리움을 느꼈다.

그를 본 바로 그 순간, 그녀는 그의 모든 것을 사랑하게 되었다. 그의 발걸음. 헐렁한 작업복을 어설프게 걸친 그의 몸, 가죽장갑처럼 반짝이는 기름투성이 검은 손, 힘이 세어 보이는 그의 손. (그는 괜히 밀렵꾼 삼림관리인이자 불법 낚시꾼의 아들이 아니었다.) 그의 잘생긴 얼굴은 워낙 아름다웠고 어떻게 보면 여자처럼 곱상해 보이기도 했다. 하지만 그의 얼굴에는 오만한 기색이라곤 전혀 찾아볼 수 없었다. 심지어 그는 자신이 잘생겼다는 사실조차 모르고 있는 듯 보였다. 그의 순진한 모습. 그렇다. 세상 끝의 끝에 도착한 그날, 그녀는 어린 소녀가 된 것만 같았다. (참고로 687명의 주민이 거주하는 롱은 크레시-앙-퐁티외 캉통에 속해 있는 9.19평방킬로미터의 면적을 가진 피카르디 지방의 코뮌이다. 크레시는 1346년 8월 26일 그 유명한 크레시 전투가 벌어졌던 곳으로, 끔찍한 살육전 끝에 영국의 에드워드 3세 국왕의 궁대에서 쏜 빗발치는 화살을 맞고 수천 명의 프랑스 병사가 사망했다. 음, 그리고 참고할 만한 사항은 이 정도가 전부다.) 운이 조금 따른다면 그녀는 마침내 이 종착지에서 사랑스럽고 진실된 남자와 함께 잠적할 수 있을지도 몰랐다. (이렇게 된다면 그때 그 아이의 웃음이 바로 축복이었던 셈이다.) 스칼렛 요한슨도, 평생 계속되어 왔던 남자들의 잔인함과 비열함, 더러운 제안들도 모두 잊을 수 있을지도 몰랐다.

그래. 분명 모든 걸 잊을 수 있을 거야. 카메라 렌즈를 통해 잘려나간 아이의 몸. 음란함. 근접촬영. 성기, 머리카락 한 올 두께의 초

미세 절개. 사랑해 주는 줄 알았던 사람들의 배신. 버림받음, 두려움. 이 모든 것을 다 잊을 거야. 엄마, 난 그 세월 동안 당신을 내내 증오했어요. 당신의 침묵을 증오했어요. 당신의 그 침묵이 날 토하게 만들었어요. 내 피부를 내 손으로 베고, 자해하게 만들었지요. 난 내 입술을 바늘로 찔렀어요. 구역질하는 내 입을 다물게 하고 싶었거든요. 당신이 입을 다물고 있는 것처럼 말이죠. 난 자라는 내내 침묵이 당신을 떠나게 해 달라고 기도했어요. 아니면 당신이 죽어서 나 혼자 외톨이였으면 하고 바랐어요. 당신이 못생겼으면, 당신한테서 돼지기름의 악취가 진동했으면 하고 바랐어요. 엄마, 날 사랑했다고 말해 주세요. 조금이라도 사랑했다고 말이에요. 또 내가 깨끗하다고 말해 주세요. 내가 예쁜 인생을 살 거라고 말해 달라고요. 자, 내 손을 잡아요. 그리고 잘 보세요. 난 왈츠와 폴카에 민속춤도 배웠어요. 그래서 엄마한테도 가르쳐 줄 수 있어요. 우리 둘이서 같이 춤춰요. 당신의 입맞춤이 그리워요. 당신의 목소리도 그리워요.

맞아. 정신을 멍하게 만들고 혼미하게 하는 약물도 모두 잊을 수 있을 거야. 아름다운 마릴린 먼로나 관능적인 도로시 댄드리지*처럼 잠들기 위해 약을 한 통씩 털어넣고 싶은 마음을 버릴 수 있겠지. 잠이라는 그 은총과 같은 휴식에서 깨어나지 않고 싶고, 수채화

---

* 1950년대에 활약한 가수이자 영화배우로, 흑인 여배우 최초로 아카데미주연상 후보에까지 올랐지만 약물과다복용으로 사망한 비운의 인물.

처럼 희미해지고 싶고, 자취를 감추고 날아가 버리고 싶은 그런 마음을. 저 하늘 어딘가에서 금발의 소방관이었던 아빠의 따뜻한 품을 찾을 때까지 날아가서 마침내 눈물을 모두 흘려 버리고 싶었던 그런 심정을. 난 강물을 이룰 정도로 눈물이 많아요. 세상의 모든 불을 다 끌 수 있을 만큼, 아빠가 타지 않을 만큼, 아빠가 죽지 않았을 만큼 물이 많아요. 아빠, 아빠도 날 버리지 말아요. 남자들은 나빠요, 모두 나빠요. 그들을 사라지게 하려면 결국 내가 사라져야만 해요. 그러니 내가 상처를 줄 대상은 바로 나예요. 아빠. 나 아파요.

그리고 다시는 새벽이 오지 않도록 모두 끝내려 했던 어느 날 밤, 라디오에서 셀린 디옹의 노래가 흘러나왔다. '날아라, 날아라, 내 작은 날개여/내 사랑, 나의 제비여/멀리 사라져라, 고요한 곳으로 가 버려라/이곳에선 아무 것도 널 붙잡지 않으니/하늘과 창공으로 돌아가라/우리를 내버려 두고, 땅은 그냥 두고/불행의 외투를 벗고/우주를 바꿔라.' 쟈닌 푸캉프레즈는 그녀를 숨 막히게 하고 있었던 봉인을, 이미 그녀를 몽롱하고 무감각하게 만들어 버린 독약을 뱉었다. 금서*에 나와 있던 복용량대로 삼켰던 임메녹탈** 8그램과 드라마민*** 50알을 토해 냈다.

모든 것에 대한 환멸도, 견딜 수 없던 공포와 도사리고 있던 암

---

*『자살 사용설명서』, 기용 & 르 보니엑, 알랭 모로 출판사, 1982.
** 수면제의 일종.

흑도 같이 토해 냈다.

이렇게 한 노래가 그녀를 다시 붙잡아 주었다. 한 노래가 그녀를 막았다. 쟈닌 푸캉프레즈는 그날 밤 구원을 보았다. 우연히 보았던 그와 여자아이의 미소가 다시 떠올랐다.

그는 그녀의 천사였다.

다음날 저녁 그녀는 롱에 도착했다. 그리고 정확히 저녁 7시 47분에 아르튀르 드레퓌스의 집 현관문을 두드렸다. 녹초가 된 데다 머리카락은 지저분했고 눈언저리에는 다크서클도 올라와 있었다. 하지만 그녀는 살아 있었다.

*** 잘 알려진 항구토제 상표.

4

내가 나일 수 있는 곳

PP 사장이 전화를 걸어와 그들에게 미리 소식을 알려 준 것이 불과 몇 분 전이었다.

– 시장이 그리로 갈 걸세! 조금 전에 시장이 기자 한 명과 머리 카락을 비요크*처럼 자른 한 노친네와 같이 정비소로 왔어!

(그 노친네는 아마도 티리아르 선생을 가리키는 것 같았다. 세계적인 유명 여배우가 시골 동네의 작은 미용실을 불쑥 찾아오자 깜짝 놀란 미용사 크리스티안 플랑샤르가 손에 들고 있던 가위로 그 60대 할머니의 앞머리를 삐쭉하게 잘라 버렸던 탓이다.)

– 그 사람들한테 자네가 집에 있을 거라고 이야기했더니, 다들 허겁지겁 달려가더군. 그 할머니까지 말이야. 그러니까 아마 곧 도

---

* 파격적인 스타일로 잘 알려진 아이슬란드의 배우이자 가수.

착할 거야. 자, 그럼 자네가 알아서 하겠지!

PP 사장은 여기까지 말하고 전화를 끊었다. 아르튀르 드레퓌스가 얼굴을 찌푸리자, 쟈닌 푸캉프레즈는 어깨를 한번 으쓱하더니 매혹적으로 웃었다. 이런 일은 자주 있는 일이야. 나 때문에 사람들이 제정신이 아니라니까.

문 두드리는 소리가 났다. 아르튀르, 나한테 맡겨. 그녀는 문 쪽으로 갔다.

현관문을 열자, 가브리엘 네필 롱 시장(임기 2008-2014)과 '쿠리에 피카르' 소속 기자(아미앵 및 주변 지역을 포함한 현지 뉴스 담당), 은퇴한 티리아르 영어 선생이 서 있었다. 문이 열리자 세 사람은 모두 놀라서 입을 쩍 벌렸다. 남성용 셔츠 – 아르튀르 드레퓌스의 셔츠 중 하나 – 를 걸친 고상한 자태의 스칼렛 요한슨이 매끄럽고 우아한 맨다리를 드러내고 높은 광대를 반짝이며 손에는 리코레를 담은 사발만 한 잔을 든 채 눈앞에 서 있었기 때문이다. 헬로*Hello*, 그녀가 완벽한 영어로 말문을 열었다. 티리아르 선생님이 나이 든 목소리로 말했다. 우리한테 안녕하세요라고 하네요. 그렇다고 짐작했어요. 시장이 중얼거렸다. 어떻게 도와드릴까요? *What can I do for you?* 금발머리로 더 유명하지만 지금은 검은 머리를 하고 있는 그 유명 여배우가 물었다. 티리아르 선생이 다시 통역했다. 어떻게 도와 줄지 묻네요.

(그 뒤로도 이들은 두 언어로 지루하게 말을 반복해서 주고받았지만, 여기서부

터는 간단하게 프랑스어로만 대화를 옮기도록 하겠다.)

　- 제 소개를 하겠습니다. 저는 이 코뮌의 시장 가브리엘 네필이라고 합니다. 이곳에서 뵙게 되어 영광입니다.

　- 아, 감사합니다.

　- 이분은 지역신문사 기자 마담 리고댕이고, 저분은 통역을 맡으신 티리아르 선생님입니다.

　- 만나서 반가워요.

　- 리고댕 기자님이 몇 가지 질문을 할 텐데 응해 주실 수 있나요?

　- 기꺼이 그래야죠.

　- 스칼렛 요한슨 씨, 이곳 롱에는 개인적인 일로 오셨는지요, 아니면 영화 촬영 준비차 오셨는지요?

　- 제 친구 아르튀르를 만나러 왔어요.

　- 아. 그러니까 저희가 아는 견습 정비공 드레퓌스 씨가 친구라는 말씀이시군요.

　- 통역하는 분께서 제 대답을 잘 전달하셨나요?

　- 그럼 남자친구라는 말씀이신가요?

　- 전 유부녀랍니다.

　- 레이놀즈 씨와 결혼하셨죠. 저희도 잘 알고 있지요. 좋아요, 좋아요. 그러니까 드레퓌스 씨는 남자친구가 아닌 거죠. 앞으로 활동 계획은 어떻게 되시나요?

　- 카메론 크로우 감독의 〈우리는 동물원을 샀다〉와 조스 웨던

감독의 〈어벤져스〉가 개봉될 예정이에요. 카메론 감독의 영화에서
는 제가 노래도 부른답니다.

  - 흥미롭군요.

  - 그리고 세 번째 앨범을 준비하고 있는데요, 이번에는 아마도
피트 욘과 작업하지 않을 거예요. 저에 대해 전부 다 알고 싶다면
다 말씀드릴게요. 저는 쓰레기 분리를 하고, 유기농 식품을 먹으려
고 노력하고 있어요. 임신하지도 않았어요. 몸무게는 한 2킬로 빼
고 싶어요. 그리고 저는 성기에 제모를 하지 않았어요. 제모하면 포
르노 스타처럼 보일 것 같아서요. 거기에 털이 없으면 고깃덩어리
같아 보이잖아요. 우웩. 또 전 〈파리에서의 마지막 탱고〉에 나온 마
리아 슈나이더의 덥수룩한 털(또는 털뭉치 — 어떤 표현이 좋을지 통역이
망설였다)을 아주 좋아해요. 아, 얼굴이 완전히 홍당무가 되셨네요?

  - 아? 음, 저, 제가…… 우리 코뮌에서 특별히 좋아하시는 것이
있나요?

  - 자동차 정비소, 그리고 아르튀르요.

  - 저희 지역에 오래 머물러 계실 건가요?

  - 저는 9월 22일까지는 로스엔젤레스로 가야 해요.

  - 감사합니다. 시장님, 이제 질문은 다 드린 것 같습니다.

  - 요한슨 씨, 저희와 함께 마을 투어를 하시는 모습을 찍은 다음
에 이것으로 아름다운 저희 코뮌에 관한 짧은 홍보 동영상을 만들
어서 시청 홈페이지에 올릴 계획인데, 혹시 촬영에 참여해 주실 수

있겠습니까? 이번 기회에 아름다운 루이 15세의 성과 수력발전소도 둘러보실 수 있고, 연못을 따라 산책하실 수도 있습니다만…….
- 안 될 게 뭐가 있겠어요?
- 과연. 그리고 시보에 실을 사진도 몇 장 찍어도 되겠습니까?
- 좋아요. 지금 찍죠.
- 지금 말입니까?
- 아이폰 없으세요?
- 아, 없습니다만.
- 저는 소니 에릭슨으로 사진을 찍어요!
- 에릭슨과 요한슨이라, 스웨덴 만세입니다!
- 죄송하지만 전 덴마크계랍니다.
- 아이고, 죄송합니다. 리고댕 기자님, 자, 받으세요. 제가 마담 요한슨 옆에 서겠습니다. 아, 그러니까 마담 레이놀즈라고 해야 맞겠군요……. 마담, 사진 같이 찍으시겠습니까? 기자님, 저 잘 나옵니까?
- 들고 계신 잔은 내려놓지 않으세요?
- 전 아르튀르의 리코레를 아주 좋아한답니다.
- 자, 모두 '치즈' 하세요.
- 티리아르 선생님, 함께 찍으시죠.
- 전 통역하러 온 거니까 그냥 통역만 할게요.
- 치즈.

- 자, 다 됐습니다. 스칼렛, 정말 감사합니다. 방해해드려 죄송합니다. 하지만 아시다시피 이게 어디 날이면 날마다 있는 일이 아니라서요. 아니, 저희 마을에 유명 스타가 방문한 건 이번이 처음입니다…….

- 이렇게 숨기 좋은 곳인데 말이죠.

- 흠. 1975년에 다니엘 기샤르*가 방문한 적이…….

- 티리아르 선생님, 진짜 유명 스타 말입니다. 오스카상도 받고 그런 세계적 스타 말이죠……. 이제 아시겠습니까. 자, 아르튀르, 브라보일세. 자네에게 이렇게 아름다운 친구가 있다니, 이렇게 아름다운 여성을 친구로 두다니. 자넨 행운아야. 아, 이 말은 통역하지 말아요. 자네 시간 될 때 시장실에 한번 들르게나.

- 아르튀르, 신문사로도 연락 주세요. 여기 제 명함이에요.

세 사람이 멀어지자 쟈닌 푸캉프레즈와 아르튀르 드레퓌스는 웃음을 터뜨렸다. 그들의 웃음에는 짓궂은 개구쟁이 꼬마들의 것처럼 귀여운 멜로디가 있었다. 그 웃음은 어린 시절에 아무 쓸모도 없는 장난을 하며 느끼는 환희 가득한 웃음과 같았다.

다섯 번째 날은 날씨가 화창했다. 날씨 때문인지 쟈닌 푸캉프레즈는 희열을 느꼈고, 바람을 쐬고 싶었다. 아르튀르, 당신 말고는

---

* 프랑스의 대표적 샹송 가수.

127

아무도 없는 곳으로 가고 싶어. 특히 누구보다도 스칼렛 요한슨이 없는 곳으로 가고 싶어.

10여 분 후, 그들은 서비스용 차량에 올랐다. 아르튀르 드레퓌스는 운전대를 남동쪽으로 돌려 100킬로미터쯤 떨어진 곳으로 향했다. 달리는 차 안에서 그들은 라디오를 들었다. 간혹 아는 노래가 나오면 따라 부르기도 했다. 누군가를 위해 플레이리스트playlist를 만들어 본 적 있어? 쟈닌 푸캉프레즈가 물었다. 아니. 내가 하나 만들어 줄게, 아르튀르. 오직 당신만을 위해서. 그럼 그건 세상에서 가장 아름다운 여성의 플레이리스트가 되는 거지. 바로 나 말이야! 이렇게 말하고 그녀가 익살스럽게 웃었다. 이제 그녀는 행복을 향해 달려가고 싶어 했다. 하지만 아르튀르 드레퓌스는 그 웃음 속에서 슬픔이 묻어나는 거친 음을 들을 수 있었다.

그들은 11시 30분경에 생상스에 도착해서 소형 혼다를 으아위 국유림 주변에 주차시킨 후 숲속으로 들어갔다.

키 큰 너도밤나무 — 높이가 30미터가 넘는 것도 있다 — 그늘 아래의 공기는 더욱 신선했다. 두 사람은 서로에게 가까이 다가섰다. 두 사람의 손가락이 맞닿을 듯 말 듯하더니, 마침내 손을 잡고 그대로 함께 걸었다.

쟈닌 푸캉프레즈는 아르튀르 드레퓌스를 지그시 바라보았다. 숲속으로 오자 그의 눈이 빛났다. 어딘지 모르게 어설퍼 보이던 몸사위도 이곳에서는 무용수의 것처럼 가벼웠다. 그가 낙엽 위를 지나

다니는 모습은 마치 물 위를 날렵하게 움직이는 물둥구리 같았다. 이곳에서는 아르튀르의 연약함과 두려움이 일시적으로 사라졌다. 이곳에서 '그렇게도 강한 그의 팔 아래로/나무는 전혀 처다보지 않은 채/그는 온 세상을 거칠게 지탱해 주었다.' 느와이야가 개한테 잡아먹힌 후 몇 년 지나지 않아 우리 아버지가 실종되었지. 바로 이 숲에서였어. 매일 저녁, 학교 수업을 마치면 나는 이곳에 들렀어. 그리고 아버지를 기다렸지. 아버지가 돌아올 거라고, 그런 식으로 아이 곁을, 마지막으로 하나 남은 아이의 곁을 떠나는 법은 없다고 생각하면서 그렇게 나는 아버지를 기다렸어. 매일 저녁 이곳에서 아버지의 슬픔이 '빛 속에서 길을 잃고 바람이 흐느끼는 소리에 자취를 감추기를'* 기다렸어. 쟈닌이 그림자처럼 그에게 가까이 붙으며 말했다. 그래도 기쁨이 이기기 마련이야. 아니, 세상에는 위로받을 수 없는 슬픔도 있어. 내가 아버지를 가장 잘 기억할 수 있는 곳이 바로 여기야. 이곳은 아버지가 말도 하고 나무줄기에 대고 속삭이기도 한 곳이야. 아버지는 내게 이 숲에 대한 이야기를 들려줬어. 예전에는 이곳이 전부 거대한 떡갈나무 서식지였대. 하지만 전쟁의 포화 속에 모두 타 버리고 잘려나가 버렸지. 그러자 사람들은 떡갈나무보다 빨리 자라는 너도밤나무를 여기 심었어. 헐벗은 민둥산이 수치심과 배신감을, 그들이 겪은 전쟁의 패배감을 상기

---

* 「눈물」, 『실존』, 장 폴랭, 갈리마르, 1947.

시킬까 두려웠기 때문이지. 맞닿은 두 사람의 몸은 따뜻했지만, 쟈닌의 몸은 떨려왔다. 바이올린을 힘겹게 켜는 어린아이가 놀랍게도 멋진 소리를 내는 것처럼, 정비공의 이야기가 예상치 못하게 그녀의 마음을 흔들어 놓았기 때문이다. 아버지는 내게 물푸레나무, 소사나무, 단풍나무, 백단풍나무를 가르쳐 주셨어. 나는 '새들의 벚나무'라는 별명 때문에 야생벚나무를 가장 좋아했어. 이 나무는 워낙 햇빛을 좋아해서 다른 나무보다 훨씬 빨리 자라지. 쟈닌 당신처럼, 그리고 나처럼 말이야. 그녀가 몸을 부르르 떨었다. 나는 허공을 바라보며 아버지를 기다렸어. 나는 아버지가 『나무 위의 남작』* 처럼 나무 위로 올라갔다고 굳게 믿고 있었어. 나무 위의 뭐? 그녀가 물었다. 책에 나오는 주인공이야. 나무 위에서 살기로 결심한 이탈리아의 열두 살짜리 꼬마 남작이지. 두 사람은 눈을 맞추며 미소 지었다. 폴랑**은 「상당히 느린 사랑의 진전」이라는 단편소설의 제목으로 이런 시기를 멋지게 표현하기도 했다.

아르튀르, 나는 당신 아빠가 돌아가신 줄 알았어. 그런 줄로만 생각했어. 나도 몰라, 쟈닌. 어쩌면 그럴 지도 몰라. 시체가 없으면 죽은 건가?

---

* 이탈로 칼비노가 쓴 작품으로, 주인공인 열두 살의 귀족 소년이 부모와 다툰 끝에 나무 위로 올라가 평생 내려오지 않겠다고 선언한 후, 나무 위에서 세상을 내려다보며 세상에 대해 고찰하는 소설.
** 장 폴랑Jean Paulhan, 프랑스의 비평가이자 소설가. 아르튀르가 주웠던 시집의 시인 폴랭 Follain과 발음이 유사한 것이 특징.

쟈닌 푸캉프레즈가 아르튀르 드레퓌스 앞으로 가서 그와 마주
보고 섰다. 그녀의 차가운 손이 그의 아름다운 얼굴을 쓰다듬었다.
그의 입술 사이로 새어 나오는 입김을 쓰다듬었다. 두 사람 사이에
가로놓여 있는 미세한 무언가를 쓰다듬었다. 그들은 입을 맞추지
않았다. 입맞춤 없이도 모든 것이 완벽했다. 그런 다음 그녀는 그의
어깨에 머리를 기댔다. 그들은 리무쟁 오솔길을 가로질러서 축축
한 숲의 그림자 속으로 사라졌다. 천천히 걸으며, 간혹 살짝 비틀거
리기도 했다. 두 사람의 키 차이 때문이기도 했지만, 러브스토리의
첫 시작부터 완벽하게 서로 들어맞기란 결코 쉬운 일이 아니다. 더
가까워지려면 상대방의 말을 경청하는 법을 배워야 한다. 상대방
의 말뿐만 아니라 그의 몸, 그의 속도, 그의 힘, 그의 약점, 균형을
깨뜨리는 그의 침묵에도 귀를 기울일 줄 알아야 한다. 다른 사람의
마음 안에 들어가려면 자기 자신을 어느만큼 내려놓아야 한다.

  ─〈42년의 여름〉이라는 영화가 있어. 열대여섯 살 정도 되는 허
미라는 소년이 주인공이고, 어느 여름날의 뉴잉글랜드를 배경으
로 한 영화야. 그곳에서 허미는 남편을 전쟁터로 보낸 도로시라는
여인을 만나. 아르튀르, 나 울 것 같아. 정비공의 팔이 그녀를 힘차
게, '거칠게' 꼭 안았다. 도로시의 나이가 두 배나 더 많았지만 허
미는 도로시를 유혹하려고 해. 쟈닌이 살짝 코를 훌쩍였다. 하지
만 도로시는 남편을 아주 많이 사랑하고 있었어. 마지막에 도로시
는 전보를 받게 돼. 아, 괜찮아. 첫 번째 눈물방울이 흘러내렸다. 나

참 바보 같다……. 전보에는 도로시의 남편이…… 전사했다는 소식이 담겨 있었어. 아르튀르의 손이 쟈닌의 손을 부드럽게 꼭 쥐었다. 그리고 그녀의 말을 가로막지 않으려고 한마디만 말했다. 그래서…… 그래서 그녀는 그 소년과 사랑을 나누게 돼. 너무 아름다운 장면이야, 아르튀르. 너무 아름다워……. 그때 배경으로 흐르는 음악이 굉장해. 심장박동과 속도가 딱 맞는 박자로 연주되는 곡이지. 새벽이 오자 그녀는 떠났어. 쪽지에 몇 마디만 남기고 떠났지. 그리고 그들은 다시는 만나지 않아. 아르튀르의 손가락이 세상에서 가장 예쁜 여자의 눈물을 닦아 주었다. 연장과 엔진을 만지던 손이었지만 손가락 끝에 자리한 살은 놀랄 정도로 부드러웠다. 그런 그의 손가락이 떨고 있었다.

  - 왜 행복은 언제나 슬픈 걸까? 그가 물었다.

  - 아마 행복은 절대 영원하지 않기 때문이 아닐까.

  그들은 다시 서비스용 차량을 세워 둔 곳으로 돌아갔다. (그동안 그들은 누구와도 마주치지 않았다. 조금 전도 그랬고 지금도 그랬다. 아르튀르는 속으로 뿌듯했다. 그녀는 아무도 스칼렛 요한슨을 모르는 곳에 가고 싶어 했고 그는 정말 그런 곳으로 그녀를 안내했던 것이다.) 이때 그의 전화가 울렸다. 아르튀르는 전화를 받아야 할지 잠시 망설였다. 그 순간의 엄숙하고도 황홀한 아름다움 때문이기도 했고, 아마도 아버지와 가까이 있기 때문이기도 했다. 하지만 그의 전화가 울리는 일은 좀처럼 없었기에 그는 뭔가 중요한 용건이리라고 직감했다. 쟈닌, 잠깐만. 여보세요?

아브빌 병원 수간호사의 전화였다.

- 어머니께서 본인의 왼쪽 팔뚝을 먹고서 엘리자베스 테일러를 찾고 계세요.

- 사인 좀 해 주세요. 45분 뒤 그들이 도착한 병원 복도에서 수간호사가 말했다.

병원 복도. 이곳에 오면 네온 조명과 푸르스름한 낯빛, 나쁜 소식을 만난다. 간혹 지친 얼굴 위로 비치는 한 줄기 웃음, 몇 개월 수명이 연장되는 행운, 그리고 온 세상을 포용하고 싶은 마음도 만나게 된다. 하지만 오늘은 그런 날이 아니었다. 의사는 테레즈 르카르도넬을 진찰하고 정신착란 가능성을 거론했다. 아직 검사 결과를 기다리고 있는 중이지만, 뇌중량이 이미 현저히 감소한 상태라고 했다.

아르튀르 드레퓌스는 그만 울고 싶었다.

그는 어머니를 잘 모른다는 사실을 깨달았다. 마흔여섯밖에 안 되었지만 이가 거의 다 빠져 버린 이 늙은 여인. 자신의 딸을 잡아먹은 도베르만처럼 자기 팔을 먹어 버린 여인. 그는 그녀에 대해 아는 것이 아무것도 없었다. 그녀는 모차르트를 좋아했을까, 아니면 비틀즈를 좋아했을까? 위그 오프레이*는? 스위스산 포도주를

---

* 프랑스의 싱어송라이터.

즐겼을까? 사부아나 부르고뉴산 포도주를 더 좋아했을까? 알러지는 있을까? 수두를 앓았던 적은 있을까? 사랑 때문에, 버려졌기 때문에 죽고 싶었던 적이 있었을까? 그녀는 『나무 위의 남작』을 읽었을까? 〈42년의 여름〉과 〈안젤리크〉, 〈아비뇽의 처녀〉는 보았을까? 마르트 켈러*가 되고 싶었을까 아니면 미쉘 머시어**가 되고 싶었을까? 사랑을 나누는 것을 좋아했을까? 앵커 로제 지켈의 발 위에서 비행기가 박살 나는 장면을 보는 것을 목격했을까? 기자 중에서는 피에르 레스퀴르와 해리 로젤마크 누가 더 취향에 맞았을까? 니스풍의 샐러드, 레스토랑 피카르에서 만든 훈제연어 밀푀유, 칼브엘 루즈(굵은 밀가루와 아몬드, 꿀로 만든 케이크), 미쉘 사르두***와 자크 뒤트롱****의 노래, 그리고 나, 나, 나를 좋아했을까?

아르튀르 드레퓌스는 어머니가 있는 방으로 걸어가면서 어머니가 살아있을 때 그는 이미 어머니를 잃고 말았으며, 어머니가 눈물을 (그리고 베르무트 주를) 따라 표류하도록 그냥 내버려 두었다는 것을 깨달았다. 아들의 서툴고 막연한 사랑은 지극히 아름다운 느와 이야가 없어지면서 생긴 빈자리를 채워 주지 못했다. 문득, 그는 영원히 잃어버린 세월을 다시 떠올렸다. 다정한 말, 애틋한 몸짓, 아낌없는 애정 등 어쩌면 비극을 막을 수도 있었을 그 모든 것을 떠

---

* 1972년 방영된 TV 시리즈 〈아비뇽의 처녀〉에서 주연을 맡았던 배우.
** 1964년 영화 〈안젤리크〉에서 주연 안젤리크 역을 맡았던 배우. 팜므파탈의 아이콘이 되었다.
*** 프랑스의 싱어송라이터.
**** 프랑스의 영화배우이자 가수.

올렸다.

　수년간 아르튀르 드레퓌스는 아버지를 기다리며 나무 꼭대기만 처다보느라 바로 그사이 어머니가 자신의 발치에서 녹아 없어지는 것을 보지 못했다. 그렇다. 그래서 그는 울기 시작했다. 굵고 커다란 눈물을 뚝뚝 흘리기 시작했다. 조금 전 아침에 쟈닌 푸캉프레즈가 속삭이며 말했듯이, 마치 영원한 것은 아무것도 없다는 사실을 갑자기 깨달은 어린아이의 눈물 같았다. 엄마도, 아빠도, 어마어마한 사물의 부드러움도, 영원한 것은 아무것도 없다.

　아르튀르 드레퓌스가 주저하자 쟈닌 푸캉프레즈가 그의 손을 잡더니 교회로 인도하듯 그를 방 안으로 데리고 들어갔다. 그리고 방에 들어서자 그들의 심장이 더 세게 요동쳤다. 테레즈 르카르도넬이 침대 위에 결박된 상태였기 때문이다. 그녀의 왼팔은 완전히 붕대로 감겨 있었다.

　- 나중에 이식수술을 해야 할 거예요. 수간호사가 말했다. 이식에 성공하지 못할 경우에는 절단한 다음 의수를 달고 재활하게 됩니다. 그녀는 두 개의 튜브에 연결되어 있었는데 그중 하나는 그녀의 코에, 다른 하나는 그녀의 오른팔에 들어가 있었다. 옆에 있는 모니터에서 나는 규칙적인 소리를 들으니 아르튀르는 겁이 나는 한편 동시에 안심이 되기도 했다. 테레즈 얼굴의 피부는 너무나 얇아 핏줄이 정교한 자수같이 비쳤다. 그리고 그 아래로, 냉소를 머금은 죽음의 얼굴이 드러나 있었다.

- 그러면 몇 분간 면회 시간을 드릴게요. 간호사가 말했다. 조금이라도 문제가 생기면 여기 이 버튼을 누르세요. 금방 사람이 올 거예요.

간호사가 사라지자, 쟈닌 푸캉프레즈는 아르튀르 드레퓌스 쪽을 돌아봤다. 아르튀르, 뭐라고 말씀 좀 드려 봐. 당신 엄마잖아. 어머니는 당신 말을 듣고 계셔. 어머니한테는 당신의 말이 필요해. 당신이 조금 전 숲에서 했던 것 같은 그런 말이 필요해. 쟈닌, 난 엄마한테 해 줄 말이 없어. 할 말이 없어. 난 겁이 나. 그러자 그녀가 어머니의 침상으로 다가갔다. 안락하고 고귀한 몸으로 그에게 현기증을 일으키고 심장을 요동치게 했던 그녀였다. 쇳덩어리를 자석으로 만들 듯 최악을 최상으로 만들던 그녀였다. 그런 그녀가 빈사 상태로 미동도 하지 않는 슬픈 몸에게, 쇠잔한 살덩어리에게 다가갔다. 그리고 딸기색 립스틱을 바른 그녀의 입술이 살짝 열렸다.

- 부인, 제가 엘리자베스 테일러예요. 부인의 친구이면서 아르튀르의 친구이기도 하죠. 아드님인 아르튀르가 여기 저와 함께 왔어요. 제가 부인께 드릴 말씀이 있어요. 아드님은 온 마음을 다해, 혼신의 힘을 다해 부인을 사랑해요. 저처럼 부인께서도 남자아이들이 어떤지는 잘 아실 거예요. 그들은 사랑한다고 말하는 건 엄두도 내지 못하죠. 남자답지 못하다고 생각들 하거든요. 하지만 부인께 맹세코 말씀드릴 수 있어요. 아르튀르는 저한테 이렇게 말했어요. 엘리자베스, 당신에게 할 말이 있어. 난 어머니를 사랑하고 또 어머

니가 그리워. 어머니의 고통과 괴로움을 이해하지만 무얼 어떻게 해야 할지 모르겠어. 어떻게 해야 하는지 배우지 못했거든. 엘리자베스, 나도 느와이야가 보고 싶다고 어머니에게 말하고 싶어. 어머니처럼 나도 느와이야의 방에서 웃음소리가 나는 걸 들었다고, 느와이야가 자라서 어머니의 날에 귀여운 시를 지어 오고 언젠가는 잘생긴 약혼자를 데려오는 모습도 상상했다고 말이야. 어머니, 우리 어머니에게 알려드리고 싶어. 나도 아버지가 떠나셨을 때 울었다고, 나도 어머니처럼 항상 아버지를 기다리고 있다고. 그리고 아버지가 돌아오시지 않으면, 아버지를, 아버지의 나무를 찾는 건 우리의 몫이야. 엘리자베스, 아버지는 이제 나무에서 살고 계실 거야. 거기서 우리를 기다리며 우리 모두가 행복하기를 바라고 계실 테지. 아버지 옆에는 느와이야도 같이 있을 거야. 붉게 상기된 뺨과 같은 색의 장미꽃이 자라는 나뭇가지 위에 걸터앉아 있겠지. 그러니까 우리는 무엇보다도 슬퍼해서는 안 돼. 자, 부인. 이것이 아드님인 아르튀르가 저 엘리자베스 테일러에게 했던 말이었어요. 저역시 부인을 사랑하고, 좀 더 일찍 부인을 알지 못해서 마음이 아파요. 왜냐하면 저도 지옥 같은 고통을 겪어 보았거든요. 부인의 상태가 좋아지시면, 제 이야기도 들려드리고 함께 우리가 보고 싶어하는 사람들을 기다리기로 해요. 어떠세요?

순간 아르튀르 드레퓌스의 눈에는 어머니의 왼팔에 간신히 붙어있는 손에서 손가락 하나가 움직이는 것 같았다. 하지만 확실하다고 할 수는 없었다.

부모에 대한 자식의 사랑은 소름이 끼친다. 그 사랑의 목표가 이별이기 때문이다.

그들은 병원 카페테리아에서 커피를 마셨다. 그들 주위에는 어린 여자아이들과 아버지들이 있었다. 불행의 한가운데서 여자아이들은 연보라색 운동복을 입고 아무것도 모른 채 웃고 있었다. 아버지들은 카페인 과잉과 니코틴 결핍, 그리고 사랑으로 날이 서 있었다. 두 사람은 묵묵히 서로를 응시했다. 아르튀르 드레퓌스는 의아했다. 왜 실제 인생에서는 영화처럼 돌연히 배경음악이 흐르지 않는 걸까? 감동, 망설임, 부끄러움 등 모든 감정을 다 전달해 주는 그런 배경음악 말이다. 만약 실제 인생에서도 배경음악이 뒤에 깔린다면, 지금 이곳 병원 카페테리아에는 '42년의 여름'*이나 '폴랜드'**가 흐르는 게 좋겠다. 친근한 할아버지 같은 레너드 코헨의 곡도 좋겠다. 그러면 음악에 힘입어 그도 용기를 내어 도전해서 그녀에게 사랑해라고 말할 수 있을지도 모른다. 그녀는 그의 손을 잡고 입을 맞춘 다음 반짝이는 눈으로 잔뜩 긴장한 채 속삭이리라. 진심이야? 날 사랑하는 게 확실해? 그는 대답할 것이다. 그럼, 그럼, 확실해. 엘리자베스 테일러, 당신을 사랑해. 조금 전 당신이 엄

---

* 영화 〈42년의 여름〉 OST.
** 영화 〈어나더 해피 데이〉 OST.

마에게 했던 모든 말 때문에 당신을 사랑해. 쟈닌 푸캉프레즈, 당신을 사랑해. 당신의 모든 것, 당신의 다정함과 두려움, 아름다움 때문에 당신을 사랑해. 쟈닌, 사랑해.

하지만 불행하게도 영화에는 영화음악이 있지만 인생에는 인생 음악이 없다. 오로지 소음과 소리, 말, 커피기계에서 나는 '땡' 하는 소리, '털털털' 굴러가는 카트 바퀴 소리, 눈물을 흘리는 소리, 그리고 가끔씩 울부짖는 소리만이 들릴 뿐이다. 이런 소리를 들으면 이 모든 것이 현실이라는 사실이 소름끼치도록 가슴에 와 닿았다. 특히나 제정신이 아닌 사람들, 응급상황, 두려움, 영원한 이별이 있는 병원이라면 더욱 그렇다. 이곳에는 '때때로 그림자가 있네/드러나는 가슴과/불확실한 고통/아주 섬세한 영원의 맛이 있다네'.*

두 사람은 아무 말 없이 서로를 바라보고 있었다. 그리고 비록 배경음악은 없었지만, 아르튀르 드레퓌스는 쟈닌 푸캉프레즈의 손을 감싸 쥐고 자신의 입술로 가져가 입을 맞추었다. 심지어 대범하게 몇 밀리미터 정도 혀를 내밀어 그녀의 살갗을 맛보기까지 했다. 그녀의 살갗은 향기가 나고 달콤했다 — 바로 이 순간에 '유 캔 리브 유어 햇 온(You Can Leave Your Hat On)' 같은 노래가 흘러나온다면 딱 어울릴 것이다** — 그러고는 그녀의 온몸을, 산과 크레바스, 계곡, 폭포를 샅샅이 핥는 상상을 했다. 혀가 손에 닿자 쟈닌 푸캉프

---

* 「일용직 노동자」, 『실존』, 장 폴랭, 갈리마르, 1947.
** 랜디 뉴먼의 원곡을 영화 〈나인 하프 위크〉에 가수 조 카커가 리메이크 버전으로 삽입한 곡.

레즈는 작은 소리로 웃었고 손을 빼지 않았다. 한마디 말도, 조 카커의 노래도 없었다. 그러나 현실과 천상의 중간에서, 비록 시는 아니더라도 두 사람은 사랑의 말을 시도하고 있었다. 그때였다.

- 실례합니다. 실례지만 혹시 이지 스티븐스 아니세요?

조심스레 물어오는 목소리의 주인공은 환자복을 입고 있는 60대의 여자 환자였다. 그녀는 늘 침을 흘리는 아이들처럼 단순한 미소를 띠었다. 이지 스티븐스 맞나요? 그럼 죽은 게 아니군요? 아, 정말 다행이네요…….

(이런 무례한 대사가 갑자기 튀어나온 배경은 이렇다. 이지 스티븐스는 미국 드라마 〈그레이 아나토미〉에 등장하는 인물로, 캐서린 헤이글이 연기했다. 이 배우는 배니티 페어 잡지가 선정한 2007년 최고의 섹시한 금발 미녀로, 90-65-90의 소위 완벽한 신체 사이즈를 가지고 있다. 따라서 20년 이상 병원에서 TV를 봤음직한 이 60대 할머니의 눈에는 스칼렛 요한슨과 닮아 보이는 외모가 분명하다. 〈그레이 아나토미〉 5시즌에서 이지 스티븐스가 뇌종양으로 사망했다는 암시가 있다.)

- 그러니까 죽지 않았군요?

쟈닌 푸캉프레즈는 순간 상황을 파악하고 그녀에게 대답했다. 아뇨. 아뇨, 전 죽지 않았어요. 그러자 환자복을 입은 할머니는 흰꼬리수리의 울음소리 같은 소름 돋는 소리를 질렀다. 당신이 아니야, 당신 목소리가 아니야! 목소리가 달라! 당신 귀신이지! 당신은 죽었잖아! 할머니는 종종걸음으로 사라졌다. (프랑스에서 방영된 〈그레이 아나토미〉에서 캐서린 헤이글의 목소리를 연기한 사람은 프랑스 여배우 샬롯 마랭으로, 확실히 쟈닌과는 목소리가 다르긴 했다.) 아르튀르 드레퓌스가 미소를 지었다. 그러자 쟈닌 푸캉프레즈는 어깨를 한번 으쓱하더니 슬픈 표정으로 입을 뾰로통하게 내밀었다. 아르튀르, 지금껏 난 온갖 여배우로 오인받았어. 우마 서먼, 샤론 스톤, 특히 작년에는 그해에 사망한 파라 포셋으로 오해받았지. 또 나를 까뜨린느 드뇌브, 이자벨 까레, 심지어 클레르 샤잘로 보는 사람도 있었어. 어머니가 당신을 알아보기를 바라는 당신 마음처럼, 나도 어느 날 누군가 나한테 다가와서 혹시 쟈닌 맞나요? 쟈닌 푸캉프레즈? 정말 아름다우시군요라고 말해 줬으면 좋겠어.

  – 혹시 쟈닌 맞나요? 쟈닌 푸캉프레즈? 정말 아름다우시군요.

그러자 아름다운 쟈닌 푸캉프레즈는 영화 〈내니 다이어리〉의 스페인판 포스터가 담은 스칼렛 요한슨의 미소만큼이나 아름답게 웃었다. 그런 다음 자리에서 일어나 포마이카 테이블을 돌아 아르튀르 드레퓌스에게 다가오더니 두 번째로 그의 입술에 키스했다. 조리대 뒤에 숨어서 이 모습을 지켜보던 이지 스티븐스의 광팬 할머니는 환하게 웃으며 조용히 박수를 보냈다. 이 두 번째 키스는 전기가 통할 것처럼 격렬한 입맞춤이었다. 고통과 두려움의 한가운데서 그들은 삶으로 충만한 입맞춤을 나눴다.

의사에게 테레즈 르카르도넬의 병을 확진받은 후 그들은 병원을 떠났다. 진단 결과 뇌척수액이 증가했고, 소뇌피질의 신경세포는 대폭 감소했으며, 다리뇌의 신경도 손상되어 인지력이 감소되고 뇌의 노화가 일어났다고 했다. 결국 테레즈 르카르도넬은 완전히 광기에 빠져 버린 것이다. 아르튀르 드레퓌스가 굳는 모습을 보며 의사는 더 이상 손쓸 도리가 없다고 했다. 이제 그의 동생 느와이야가 성한 몸으로 오늘 당장 살아 돌아온다 하더라도 그의 어머니를 집어삼키기 시작한 모래의 늪에서 그녀를 건져 낼 방법은 없었다. 아르튀르는 말했다. 이제 나는 고아야. 아버지의 시신을 끝내 수습하지 못했음에도, 그는 어쩌면 아버지가 다른 여자의 포근한 침대 위로 사라졌다 해도 그는 이제 고아가 맞다고 했다. 아버지는 그 침대에서 밤마다 넓고 따뜻한 하얀 엉덩이 아래에서 숨 막혀 하다가 새벽이 되면 다시 일어날지도 모른다. 아니면 콩데 늪 바닥에 가라앉아 썩어 가고 있거나, 완만한 바렌 계곡을 바라보는 으아위 숲에서 어느 너도밤나무의 제일 높은 가지 위에 매달려 볼이 갈기 갈기 찢기고 두 안구를 까마귀밥으로 빼앗긴 채 썩어 가고 있을지도 모른다. 어느 쪽이든 이제 그는 고아였다.

두 사람이 롱에 도착한 것은 늦은 오후였다. 그들은 마지막 날을 하루 앞두고 있었다.

그들이 정비소 앞을 지날 때 PP 사장이 멈추라는 신호를 했다. 자, 연인 여러분. 웃으며 그가 말했다. (하지만 시선은 아르튀르에게만 두었다.) 계속 '휴가' 중이신가? 마침 잘됐네. 쥘리가 두 사람만 괜찮다면 오늘 저녁 우리 집으로 와서 함께 바비큐 파티를 하자고 하더군. 두 사람하고 집사람의 여동생, 딱 그렇게만 올 걸세. 처제가 영화를 좋아하니 안젤리나와 대화가 잘 통할 거야. 아르튀르, 자네 생각은 어떤가? 아르튀르 드레퓌스가 옆에 있는 사랑스러운 아가씨의 의향을 묻기 위해 그쪽으로 몸을 돌리자, 그녀는 재미있겠다며 승낙했다.

PP 사장의 처제 발레리는 1990년대에 배우 지망생이었다. 그래서 아미앵에 있는 극단의 연극 강좌에 등록도 했다. 강좌에서는 전통적인 방식대로 발성과 호흡, 마임을 배울 수 있을 뿐만 아니라 '단체 및 개인 차원의 희곡 공연 실습'도 했다. 연습 끝에 마침내 서른일곱 명의 관중을 앞에 두고 공연하게 된 그녀는 긴장한 탓인지 목소리가 나오지 않았다. 발레리는 결국 할리우드 진출을 포기하고 의류 브랜드 노르 텍스틸의 판매원이 되었다. 그곳의 속옷 코너에서는 그녀가 배웠던 호흡과 마임이 훌륭한 효과를 발휘했다.

두 사람이 저녁 7시 30분에 도착하니 PP 사장은 집에 없었다. 플릭스쿠르에 있는 마트에 장작을 사러 갔는데, 늦지는 않을 거예요. 쥘리가 미안해 하며 말했다. 두 사람은 미지근한 L. 브나르-피투아 드미세크* 한 병을 선물로 들고 갔다. 그게 토늘리에에 있던 유일한 샴페인이었다. 그들이 정원을 막 가로지르는 순간, 발레리가 소리를 질렀다. 아니, 안젤리나 쥘리가 아니잖아요, 형부가 아무렇

---

* 당분을 3~5퍼센트 가량 함유한 단맛 나는 샴페인.

게나 말씀하셨네요. 이분은 리즈 위더스푼이에요. 어머, 어머, 정말 아름다우시다! 맙소사! 프랑스어를 할 줄 아세요?리즈 위더스푼이 웃었다. 그녀의 웃음은 매력적이었고 공기처럼 가벼웠다. 그래요, 발레리. 저는 프랑스어를 할 줄 안답니다. 그리고 여러분을 실망시 켜드려서 진심으로 죄송하지만, 저는 리즈 위더스푼도, 안젤리나 졸리도, 더욱이 스칼렛 요한슨도 아니에요. 물론 저와 스칼렛 요한 슨이 찍어 놓은 듯 닮았다는 건 저도 잘 알지만요.

발레리는 손에 들고 있던 잔을 내려놓았다. 중요한 순간이라는 느낌이 들은 데다, 착각한 것이 창피하기도 했다.

- 저는 쟈닌 푸캉프레즈라고 해요. 나이는 스물여섯 살이고요. 아미앵에서 몇 킬로미터 떨어져 있는 뒤리가 고향이에요. 꽃이 만 발하는 예쁜 마을이지요. 아름다운 하이킹 코스와 승마장도 있어 요. 전 아버지 얼굴을 몰라요. 소방관이셨는데 제가 태어나기도 전 에 진화작업을 하시다가 불에 타서 돌아가셨거든요. 어느 할머니 를 구하려다 그렇게 되셨대요. 아버지는 저한테 딱 한 가지를 남기 셨어요. 바로 이 얼굴이죠. 우리 어머니 말씀에 따르면 저는 아주 훌륭한 아기였대요. 그리고 아주 예쁜 소녀로 컸다고 해요. 뒤리 시 장님이 오로지 저 때문에 예쁜 어린이 선발대회를 개최할 생각을 하셨을 정도니까요. 그래요, 예쁜 소녀였다고 해요. 하지만 그 대가 로 저는 의붓아버지에게 괴로운 일을 당했어요. 추한 일이었지요. 세상을 뜨고 싶은 마음이 들 정도였답니다. 차 안에서 숨진 진 세

버그처럼요. 게다가 그 후로 우리 어머니는 냉랭하게 변했어요. 더이상 말도 하지 않았지요. 어머니가 어떻게 되었는지는 모르겠어요. 그 뒤로 저는 이모와 같이 살았거든요. 그리고 7년 전에 사람들이 영화 〈사랑도 통역이 되나요?〉에서 제 얼굴을 발견하고 말았어요. 그 영화가 개봉된 2003년 8월 29일 이후로 저는 제 얼굴을 혐오하게 되었답니다. 매순간, 1분 1초마다 제 얼굴을 혐오해요. 젊은 여자들이 힐난 어린 표정으로 저를 쳐다보면서 그녀들보다 제가 더 나은 점이 무엇인지 의아해 할 때마다 제 얼굴을 증오하지요. 남자들이 절 훔쳐 볼 때도 마찬가지예요. 저 남자가 나한테 접근할까, 와서 날 건드리지나 않을까, 혹시 칼을 꺼내는 것은 아닐까, 담배 한 대를 빌릴까, 아니면 그냥 사인이나 해 달라고 그럴까, 이런 생각들이 머리를 스치고 지나가죠. 그럴 때마다 제 얼굴이 너무도 싫어요. 단순히 커피 한잔하자고 할지도 몰라, 그냥 커피 한잔. 이런 생각이 들 때도 있어요. 하지만 그런 일은 결코 일어나지 않는답니다. 그들이 보는 것은 제가 아니거든요. 그 사람은 제가 아니에요.

제 몸은 저한테는 감옥이에요. 저는 절대로 살아서 그 감옥을 벗어날 수 없을 거예요.

쟈닌 푸캉프레즈가 잠시 시선을 떨구자 발레리는 그녀를 안아주고 싶은 마음이 들었다. 하지만 차마 그러지 못했다. 다른 사람의 고통을 위로하기란 너무도 어려운 일이기 때문이다. 쟈닌이 아르튀르에게 손을 내미는 순간, 손에 장작 꾸러미를 든 PP 사장이 신이

나 눈을 반짝이며 돌아왔다. 그는 아르튀르가 그녀에게 다가가 손을 잡는 모습과 그녀가 연약한 목소리로 덧붙인 한마디를 들었다.

– 아르튀르에게는 무척 아름다운 재능이 있어요. 그는 잘 모르는 모양이지만. 그에게는 망가진 것은 무엇이든지 다 고치는 재주가 있지요.

그들은 감동을 받은 나머지 침묵할 수밖에 없었다. 지글거리는 돼지갈비에서는 아까부터 짙은 검은색 연기가 피어오르고 있었지만 다들 가만히 있었다. 그때 이 은혜로운 순간에 대해서 아무것도 모르고 있던 PP 사장이 농담을 던졌다. 그러자 모두들 부드러운 폭력이 내재되어 있는 현실로 단번에 되돌아왔다.

– 그걸 다 가르쳐 준 사람이 바로 접니다!

– 당신은 바보 중에 바보야. 쥘리가 중얼거렸다.

5
본질에 대하여

그들은 술기운을 날려 보내는 신선한 밤공기를 마시며 걸어서 집으로 돌아왔다.

잠시 리즈 위더스푼으로 오해받았던 쟈닌 푸캉프레즈가 그렇게 비밀을 털어놓고 우아하게 자신의 슬픈 사연을 들려 준 후, 사람들은 다른 주제들로 이야기를 나누었다. 당연히 정치 이야기도 나왔다. 사르코지 대통령 말인데요, 난 그 사람한테서 매력을 찾을 수가 없어요. 쥘리가 말했다. 그녀 역시 상당한 미인이다. 그 사람은 몽땅 다 작아요. 심각한 바보기도 하고요. 밖에서 보이는 구두 굽에다가 구두 안에 들어 있는 키높이 굽까지 합하면 한 7센티미터는 될 걸요. 식전부터 술을 들이붓기 시작한 PP 사장은 사르코지의 별명이 나볼레옹*이라는 이야기를 꺼내면서, 2년 후가 되면 스트로스-칸이 압승을 거둘 거라고 했다. (이후 스트로스-칸이 2011년 5월 뉴욕의 소피텔 호텔 2806호에서 성폭행 혐의로 체포된 다음 증거불충분으로 무혐의 처분을 받아 피해자와 합의함으로써 사건이 종결된 일이 있었다. 그 과정에서 그는 뉴욕에 있는 라이커스 아일랜드 교도소에도 수감되었다. 그 뒤에도 이 발정 난 원숭이는 프랑스 릴의 칼튼 호텔에서 매춘조직의 우두머리인 도도 라 소뭐르와 건설사 에퍄쥬의 전직 임원과 함께 매춘알선 혐의로 기소되었을 뿐만 아니라, 프랑스 언론인 트리스탄 바농 추행 사건 등 숱한 추문을 남기며 '부적절한 처신'을 했다.) 그러자 다들 진절머리치며 사르코지나 스트로스-칸이나 다 똑같은 명청이 들이니 차라리 극우세력인 르펜을 뽑고 싶은 심정이라며 화제를 바꾸었다.

쥘리는 크리스티안 플랑샤르가 검은 선글라스를 낀 채 이비스 호텔에서 키가 크고 갈색 머리에 털보인 남자와 나오는 모습을 토늘리에에서 일하는 견습생이 목격했다고 했다. 이 말을 듣자 (식전에 술을 다섯 잔이나 들이켠) PP 사장이 만약 자기가 지금의 아내와 결혼하지 않았다면 미용사 플랑샤르와 조금 '거시기'했을 거라고(관계를 가졌을 거라고 이해하도록 하자) 말했다. 하지만 쥘리, 난 당신이랑 결혼했잖아, 당신이랑 같이 있잖아. 날 믿어 줘. 그는 그 미용사의 어떤 저속한 부분이 마음에 들었다고 했다. 그는 그것이 무엇인지 생각이 날 듯 말 듯, 그 단어가 입에서만 맴도는 모양이었다. 아, 젠장, 거의 생각났는데. 그러자 쥘리가 그의 팔을 꼬집었다. 뾰족한

---

* 프랑스의 사르코지 전 대통령은 신장이 작고 저돌적으로 정책을 밀어붙이는 강경한 성향 때문에 나폴레옹에 빗대 나볼레옹이란 별명을 얻었다.

손톱으로 꼬집어서인지 마치 뱀이 문 것 같았다. 발레리는 영화 이야기로 넘어가려고 했다. (왕년의 영화배우 지망생으로서는 당연한 일이었다 — 맞아, 빠는 거*aspirant*! 내가 하려던 말이 바로 그거였어. 갑자기 PP 사장이 소리쳤다. 플랑샤르한테서 풍기는 저속한 분위기는 바로 입 때문이야. 꿀단지 같기도 하고 기다란 칼집 같기도 해. 아야야. 다시 뱀이 물었다. 여러 브랜드의 자동차를 다루는 정비공의 이두근에 피가 진주알같이 방울방울 맺혔다.) 발레리는 영화 〈아바타〉를 이미 세 번이나 봤으며, 이 영화야말로 지난 세기의 최고 걸작으로 꼽히는 〈파리 대탈출〉보다 더 위대한 불멸의 절-대-적인 걸작이라고 생각한다고 했다. 〈파리 대탈출〉에는 볼거리가 하나도 없잖아요! 쥘리의 여동생이 말했다. 그러자 이제 술기운이 심각하게 돌기 시작한 PP 사장이 거대한 불알*grande couille!*이라고 소리쳤다. 〈파리 대탈출〉에 나오는 두 주인공과 〈아바타〉에 나오는 그 퍼런 놈들을 비교하면 안 되지. 왜 안 되죠? 그 영화는 프랑스 영화 사상 최고의 흥행작이라서 중요하거든. 기준이 되는 영화라고. 전 형부의 기준은 안 믿어요. 그리고 〈아바타〉는 세계적인 영화지만, 형부의 그 불알 영화는 프랑스 영화라고요. 발레리는 무엇보다도 빨리 9월 29일이 되어서 샤이아 라보프가 주연으로 나오는 영화 〈월스트리트2〉를 볼 수 있었으면 했다. 너무 잘생겼어. 세상에서 제일 잘생겼어. 발레리는 빨갛게 볼이 상기된 채 마치 그가

---

* 프랑스어 에스피앙*aspirant*은 '지망생, 후보생'이라는 의미로도 쓰이고 동시에 '빤다'는 의미로도 쓰인다.

앞에 있는 듯 애교스러운 목소리로 남자 주연배우에 대한 애정을 고백했다. 그러자 PP 사장이 맞받아쳤다. 좋아, 잘생긴 건 인정해. 하지만 그놈 이름은 못생겼다고. *시에 르뵈프chier le boeuf*(소가 똥 싸다) 아니면 *시아 르장봉chia le jambon*(햄이 똥 싸다)처럼 들리잖아! PP 사장은 이미 조금 전부터 혈중 알코올 농도가 거의 한계치에 다른 듯했다. 하지만 그 자리에 있던 사람들 모두 그의 말에 웃음을 터뜨렸다. 하는 말마다 바보 같고 상스러웠기 때문이다. 간혹 상스러움은 웃음을 안겨 주기도 한다. 또 거리감을 줄여 주고 수치심을 없애 준다. 처제의 그 소 말이야, 그자는 메간 폭스하고 눈이 맞았어. 흥, 언젠가는 그가 메간 폭스를 차지하겠죠. 그런데 그 여자는 환자 같아요. 자기가 안젤리나 졸리인 줄 알아요. 문신도 똑같이 했더라고요. 음, 그런데 마이클 더글러스는 목에 암이 생겼나 봐요. 저는 설도암인 줄 알았는데. 어쨌건 결국 그의 아내 캐서린 제타 존스가 한몫을 챙기겠죠. 그 여자는 돈만 보고 늙은 남자와 결혼하는 그런 부류의 여자예요. 그런데 요새 살이 엄청 쪘던데요. 확실해요. '퍼블릭'에 난 사진을 봤는데 임신한 나나 무스쿠리 같아 보이던걸요. 사실, 조로인지 조조*인지하는 영화 말고 그 여자가 한 게 뭐가 있지? 무슨 역할을 했었지? PP 사장도 험담에 동참했다. 난 그 여자가 조울증이 있었다는 글을 읽은 적이 있어. 맞아. 확실해.

---

* 조조zozo는 프랑스어로 바보라는 뜻이다.

쥘리가 제동을 걸었다. 이제 다른 이야기 좀 해요, 지긋지긋해! 자, PP, 소시지를 생으로 먹고 싶지 않으면 석탄을 좀 더 넣는 게 좋을 걸요. (아까 돼지갈비가 타서 숯 덩어리가 되자, PP 사장은 그의 아내가 다음날 먹으려고 준비했던 소시지를 가져왔다.) 아무튼 시아 르장봉 이 말 참 웃기지 않나? 시아 르장봉?

그들이 물렁물렁한 소시지와 타 버린 감자 몇 알을 먹는 동안, PP 사장은 풀숲에 쓰러져 잠이 들었다. 그는 스테이크 덩이나 커다란 송장이라도 된 것처럼 개미와 벌레의 먹잇감이 되어 그런 상태로 내버려져 있었다.

늦은 밤 두 사람이 걸어서 집으로 돌아가는 동안, 신선한 밤공기가 살며시 취기를 깨웠다. 한기를 느낀 쟈닌 푸캉프레즈가 부르르 몸을 떨자 정비공이 그녀를 안아 주었다.

그들은 이제 단둘이 거실에 있었다. 서로에게 고요히 시선을 집중했다. 아르튀르가 음악을 틀었다. 마치 영화에서 배경음악이 흐르는 것 같았다. 두 사람의 눈이 반짝였다. 그들은 너무 급하게 진도를 나갈까 봐 두려웠다. 행동 하나하나가 완벽해야 했다. 그렇지 않으면 상처를 내고, 지워지지 않는 흉터를 남길지도 몰랐다. 쟈닌은 벅찼다. 그녀의 가슴이 부풀어 올랐고 옅게 숨을 내쉬었다. 아르튀르는 그 숨 하나하나가 쟈닌의 배 깊숙이에서 끌어올려진 외마디 말과 같다고 생각했다. 말 한마디가 모든 것의 열쇠가 되고 모든 것을 용서할 수 있다. 그 한마디가 성을 쌓을 초석이 될 수도 있고 인간적인 아름다움을 자아낼 수 있다. 하지만 그녀의 입에서 나온 그 한마디는 그가 생각한 것과는 달랐다. 갑자기 손으로 입술을 막은 그녀가 한 말은 잔인하다시피 했다.

- 내일 하자.

그녀는 미안하다는 말과 함께 자리에서 일어나 슬로우 모션으로 돌아섰다. 마지못해 돌아서는 것처럼 보였다. 그는 아무 말도 하지 않았다. 계단의 그림자 속으로 그녀가 사라졌다. 하나하나 계단을 오르는 그녀의 발걸음 아래로 층계들이 삐걱거렸다. 그 소리에 아르튀르의 심장과 욕망이 벼락이라도 맞은 듯 울부짖으며 쿵쾅거리는 소리가 간신히 파묻혔다.

엑토르프 소파에 혼자 남은 그는 몇 년 전 아미앵에 있는 중국 식당 망다공에서 확인한 포춘 쿠키 속 문구를 떠올랐다. 페르시아의 시인 루미가 남긴 시구였다. '모든 날개가 느끼는 기다림은 같다. 날개가 강할수록 여행은 길어진다.' 그때 아르튀르는 그 말이 한낱 헛소리라고 생각했다.

하지만 오늘밤 그는 그 기다림이 얼마나 오래 지속될지 알고 싶어졌다.

그들이 함께한 인생의 여섯 번째 날이자 마지막 날 아침에는 비가 내렸다.

쟈닌 푸캉프레즈가 옷을 챙겨 입고 아래층으로 내려왔을 때 아르튀르는 리코레를 준비하고 있었다. 그녀가 그의 뺨에 키스하며 (오, 하느님, 그녀의 향기. 오, 하느님, 그녀의 입술의 부드러운 감촉. 오, 하느님, 제 이두근을 스쳐 지나간 그녀의 젖꼭지) 말했다. 아르튀르, 우리 장 보러 가자. 가서 커피도 사자. 진짜 커피 말이야. 그러면서 웃으며 그의 팔을 잡아끌었다. (지금 이 장면이 여러분 눈에는 식상하거나 멍청해 보일지도 모른다. 그렇다면 아르튀르 드레퓌스처럼 여러분도 배경음악을 깔고 이 장면을 상상해 보기 바란다. 가령 바이올리니스트 루돌프 바움가르트너가 연주하는 바하의 '관현악 모음곡 제3번 D장조 - 서곡'이 흐르는 가운데, 비 내리는 풍경을 배경으로 그녀를 보고 웃는 그의 모습과 그를 보고 감탄하는 그녀의 모습을 예쁘게 영화 촬영하듯 그려 보자. 그러면 당신의 눈앞에는 수줍은 두 연인이 보일 것이다.) 이번이 그에게는 첫 기회이고 그녀에게는 마지막 기회다. 그리고 나중에 그 영화를 다시 본다면 당신은 그들이 삶을 함께하기로, 적어도 그러기 위해 노력하기로 결심했고 그들 삶의 모든 것이 동요하기 시작한 그 순간의 시작점이 바로 이곳, D32 국도 옆에 있는 이 소박한 집이라는 깨닫게 되리라. 사랑의 말이나 어리석은 짓, 어떤 충동적인 행동이 아니라, 그저 이제부터 리코레를 그만 마시기로 하며 그 순간이 시작되었다고 추억할 것이다.

롱프레-레-코르-생에 있는 에코마르쉐에서 그들이 골라 담은 물건들은 장바구니 두 개를 거뜬히 채웠다. 커피, 치약(그녀는 울트라-브라이트를, 그는 시그널을 좋아했다), 비누(두 사람 모두 우유 비누를 사는 데 의견이 일치했다), 샴푸(그녀를 위해 염색머리 전용 샴푸를, 그를 위해 내추럴 샴푸를 샀다), 오일 한 병, 파스타(그녀는 넓적한 파르파델레를, 그는 펜네를 좋아했는데, 결국 그는 파르파델레를 집었다), 잼 한 병(그녀는 딸기잼을, 그는 체리잼을 좋아했다. 그녀는 구즈베리잼을 고르며 웃으면서 말했다. 어차피 다 같은 색이잖아), 화장지(그녀는 라일락 향이 나는 화장지를 좋아했다. 그러나 그는 향이 나는 것을 너무 싫어해서 향이 있는 것과 무향 화장지, 두 가지 다 구입했다), 녹색 채소(그녀가 웃으며 말했다. 난 '세계적인' 여배우이기 때문에 신경을 많이 써야 해!), 감자(정비공이라면 감자를 먹고 기운을 차려야 하고, '그라탱은 완벽한 천상의 음식이니까요!' — 이 슬로건은 2년 전 그녀가 아브빌 인터마르쉐의 감자코너에서 일할 때 5분마다 반복해서 외치던 말이었다), 초콜릿(둘 다 화이트 초콜릿을 좋아하는 것을 알고 그가 말했다. '이런, 공통점 하나 더 발견했네.'), 손 글씨로 각각 '그'와 '그녀'라고 적혀 있는 사발만 한 잔 두 개(카트에 그릇을 담은 그들은 얼굴이 상기된 채 서로를 바라보았고, 치즈 코너가 있는 곳까지 손을 잡고 갔다), 그뤼예르 치즈와 고다 치즈, 18개월간 정제된 콩테 치즈를 담고, 정육 코너는 건너뛰었다. (모르긴 몰라도 테레즈 르카르도넬이 먹어치운 팔뚝 때문이 분명하다. 칼로 잘게 저며 만든 소고기 타르타르나 붉게 변하는 송아지 척수 같은 것들은 보는 즉시 끔찍한 자줏빛 이미지가 떠오르기 때문이다.) 마지막으로 포도주 한 병(두 사람이 너 나 할 것 없이 포도주에 대해서는 문외한인 듯하자, 전형적인 술꾼의 코를 가진 것으로 보아 전문가인 듯한 손님이 10.90유로짜리 2007년산 라바디를 추천해 줬다. 메독 품종의 포도로 만들었으며 붉은 과일의 매혹적인 향이 도는 맛이죠. 어떤 음식과도 궁합이 잘 맞고 음식과 별개로 따로 마셔도 좋은 훌륭한 포도주예요. 아, 말하다 보니 내가 다 갈증이 나는군요.

아, 선생님, 감사합니다. 좋은 하루 보내세요), 그리고 두꺼운 검은색 유성펜 (뭐하려고? 쟈닌 푸캉프레즈가 물었다. 비밀. 그가 말했다. 비밀이야)을 골라 담고 계산대로 갔다.

당연히 아르튀르 드레퓌스가 평소에 지출하던 금액보다 훨씬 많이 나왔다. 그러니 이달 말까지는 지갑 단속을 해야 할 테다. 하지만 그는 자신이 행운아라고 생각했다. 어떤 여자들은 보석이며 시계, 핸드백을 사다 바쳐야 겨우 미소를 보이는데 쟈닌 푸캉프레즈는 치약이나 진짜 커피, 향 있는 화장지, 화이트 초콜릿 한두 개만으로도 기쁨에 겨운 듯 보였다. 이것만으로도 둘이 함께 사는 맛을 흠뻑 느끼는 듯했다.

둘이 함께 산 마지막 날이자 온전히 함께한 첫날이었던 그날, 아르튀르 드레퓌스는 가장 단순하면서도 가장 순수한 행복은 어떤 모습인지 알게 되었다. 바로 다른 누군가와 함께한다는 사실에 마음속 깊이, 아무런 설명도 없이 행복해 하는 것이었다.

비가 내려서 그들은 서비스용 차량이 있는 데까지 뛰어갔다. 쟈닌 푸캉프레즈는 하마터면 넘어질 뻔했지만 기적적으로 중심을 잡았다. (두 사람 사이에 다시 한번 웃음꽃이 피었다. 이 장면도 아론의 음악과 함께 상상해 보기 바란다. '당신의 걸음마다, 당신 생각의 모든 순간마다, 당신을 이끌어 줄게요.')*

아르튀르 드레퓌스가 차 열쇠를 던져 주자 그녀가 당황해 소리쳤다. 미쳤어? 난 운전면허도 없어. 면허시험에 두 번이나 떨어졌는걸. 그가 큰 소리로 답했다. 되는 대로 해 봐, 뭐 어때. 그녀는 떨리는 손으로 자동차 문을 연 다음, 긴장을 풀려는 듯 웃으면서 차 안으로 들어갔다. 아르튀르 드레퓌스는 비에 아랑곳하지 않고 장본 물건을 트렁크에 정리해서 실었다. 그의 옷이 행주처럼 젖어 버렸다. 그의 어머니가 이 모습을 봤다면 이렇게 말했을 테다. '아르튀르, 네 꼴이 꼭 행주 같구나.'

쟈닌 푸캉프레즈는 차 안으로 뛰어드는 그의 모습을 보며 참 잘생겼다고 생각했다. 그의 얼굴에는 칼자국 같은 빗물 자국들이 수없이 묻어 있었다. 아니, 어쩌면 사랑의 눈물 자국일지도 몰랐다. 그가 속삭였다. 시동을 걸려면 열쇠를 꽂고 돌려야 해. 감미로운 목소리였다. 그녀는 미소를 짓고 그가 말한 대로 했다. 엔진에 시동이 걸렸다. 아르튀르는 쟈닌의 손 위에 손을 얹고 그녀가 1단 기어를 넣는 걸 도왔다. 그녀도 포기하지 않고 아주 조심스럽게 처음 몇 킬로미터를 운전했다. (시속 약 17킬로미터의 속력이었다.) 그런데 경찰한테 체포되면 어쩌지? 체포되지 않아. 그러자 그녀는 2단 기어를 넣고 즐거운 한숨을 내쉰 다음 천천히 가속페달을 밟았다. 당신과 같이 있으니까 겁나지 않아. 그녀가 말했다. 운전면허 시험관은 더러운 녀석이었어. 그는 내가 운전대를 잡을 그런 부류의 여자가 아니라고 했지. 우회전하세요, 아가씨. 아르튀르 드레퓌스가 부드럽게

* 아론은 프랑스의 유명 2인조 가수로 위 곡은 영화 〈잘 있으니까 걱정 마〉' 의 주제곡 'U-Turn, Lili'이다.

말했다. 방향 지시등 켜는 것 잊지 마시고요. 그녀는 웃으면서 데 포르테 로에서 우회전했다. 버스 정류장 앞에서 정차하세요. 그건 금지되어 있잖아요, 선생님. 아뇨, 금지된 건 아무것도 없어요, 아가씨.

쟈닌 푸캉프레즈가 버스 정류장의 바람막이 시설 앞에 차를 세우자 아르튀르 드레퓌스는 차문을 열고 라이언 고슬링보다 멋진 그의 훤칠한 몸을 빗속에서 일으켰다. 그러더니 주머니에서 두꺼운 검은색 유성펜을 꺼냈다. 쟈닌 푸캉프레즈는 돌체앤가바나의 더 원*The One* 향수의 광고 포스터에 다가가는 그의 모습을 재미있어 하면서도 어리둥절해 하며 지켜보았다.

그녀는 그가 돌체앤가바나의 뮤즈인 스칼렛 요한슨의 아름다운 얼굴에 기즈 공작* 같은 콧수염과 짧은 턱수염을 그리는 것을 보았다. 그는 짓궂은 장난을 친 꼬마처럼 신난 눈빛으로 그녀를 한 번 쳐다보더니, 포스터 아래쪽에 적혀 있는 글자 One 위에 커다랗게 숫자 2라고 썼다.

그러자 쟈닌 푸캉프레즈의 심장이 전에 없이 세게 뛰기 시작했다. 그를 처음 보았던 날, 자전거 라이트가 다시 한번 세상을 비추자 환하게 웃던 그 어린 소녀를 봤을 때보다 더 세게 뛰었다.

두 사람은 장 본 물건들을 정리하기 시작했다. 쟈닌 푸캉프레즈

---

* 16세기 프랑스의 최대 권력가.

는 찬장 전체를 새로 정리하지 않고는 못 배겨 했다. 부엌에 페인 트칠도 새로 해야겠어. 그녀가 제안했다. 난 노란색이 좋아. 햇살처럼 분위기를 화사하게 해 주거든. 아르튀르 드레퓌스는 그녀가 하고 싶은 대로 하게 내버려 뒀다. 쟈닌은 우선 이 빠진 유리잔 세 개와 바닥이 누렇게 눌러 붙은 냄비 한 개를 가차 없이 쓰레기통에 내던졌다. 그다음 겉면에 스파게티 광고가 붙은 재미나게 생긴 양철상자도 버렸다. 그 안에는 오래 묵은 동전, 플라스틱 스푼, 주의 공현대축일*에 먹는 케이크에서 나온 잠두콩, 야생벚나무의 껍질, 포춘 쿠키에서 나온 쪽지 같은 쓸데없는 물건들로 가득 차 있었다. 그는 그녀가 실컷 정리하도록 방해하지 않았고, 그러다가 그녀가 높은 곳으로 두 팔을 뻗을 때마다 흥분과 희열로 한숨을 내쉬었다. 팔을 위로 올리는 쟈닌은 절대적으로 관능적이었다. 그녀의 상반신이 활처럼 휘며 멋진 가슴이 더욱 부각되고 하얀 장딴지가 한껏 수축했다. 아, 하느님. 이 얼마나 아름다운가, 이 얼마나 행운인가. 그렇게 생각하는 동안 그의 심장은 또다시 요동쳤다. 동시에 오래되었으면서도 참신한 수천 가지 표현이 창조되었다.

아무튼 이렇게 장에서 사 온 물건들을 정리하고 나자 커피 타임이 되었다. 〈사랑도 통역이 되나요?〉에서 샬롯(스칼렛 요한슨)이 남편 존에게 '와, 나 이 샴페인 정말 좋아하는데. 한잔하자'라고 하자 남

---

* 예수가 태어난 후 동방박사와 만남으로써 세상에 모습을 드러낸 사건을 기념하는 그리스도교 교회의 축일.

편이 한심한 목소리로 '가 봐야 해 — 그리고 난 샴페인은 별로야.'
라고 대답하는 장면이 있다. 바로 그 샬롯의 목소리처럼 그윽하고
뜨거운 목소리로 쟈닌 푸캉프레즈가 말했다. 아르튀르, 당신의 그
끔찍한 리코레 말고 진짜 커피를 마실 시간이야. 언젠가는 노란색
으로 칠해질 부엌 안에서 두 사람은 함께 웃었다. 두 사람은 오직
그 순간에 살았고 그 자체가 기쁨의 선물이었다. 그러다가 커피 필
터를 사 오는 걸 잊었다는 사실을 깨닫고 두 사람은 웃음을 뚝 그
쳤다.

그러나 이내 쟈닌 푸캉프레즈는 하늘에 감사했다. 더 정확하게
는 천연 화장지를 고집한 아르튀르 드레퓌스에게 감사했다. 한번
상상해 보라. 라일락 향이 배인 커피라니. 얼마나 끔찍한가. '그'와
'그녀'라고 적힌 새로 산 커피 잔 안에 담긴 커피 위로는 작은 셀
룰로스 조각들이 스노글로브 속의 종이 눈처럼 애처롭게 떠다녔
다. 그럼에도 불구하고 마라고지페 커피*에서는 포장지의 약속대
로 감미로운 맛과 풍부한 바디가 느껴졌다. 멕시코 남동부 치아파
스 지방에서 오랫동안 여물고 수확된 이 커피는 원산지의 공기처
럼 가볍고 과일향이 나는 커피였다. 두 미식가들은 눈을 감고 이
커피를 음미하면서 과테말라의 고산지와 사하라 사막 이남의 척박
한 땅, 파타고니아의 호수, 인도의 오지 등 전기나 TV, 영화, 인터

---

* 아라비카의 변종 중 하나로 원두 크기가 무척 큰 것이 특징이며, 멕시코, 과테말라 등지에서 소
량 생산된다.

넷, 전자제품 전문점, 애프터서비스, 스칼렛 요한슨이 없는 곳을 동경했다.

정오쯤 비가 그쳤다.

그들은 20분도 채 걸리지 않아 아브빌 종합병원에 도착했다. 그 20분도 되지 않는 시간 동안 아르튀르 드레퓌스는 컨버터블 차를 운전하는 꿈을 꾸었다. 옆 좌석에는 아름다운 스칼렛 요한슨이 바람에 머리카락을 휘날리고 있었고 작은 핑크레이디 사과처럼 발그스레하고 매끈한 광대를 반짝이며 앉아 있는 꿈이었다. 쟈닌 푸캉 프레즈는 열린 창문 사이로 손을 내밀었다. 그녀의 머리카락은 혼다 시빅 안에서 펄럭이고 있었다. 바람 때문에 그녀가 입고 있던 미니스커트의 치맛자락이 물결치며 가볍게 흔들렸고, 그럴 때마다 그녀의 매력적인 하얀 허벅지가 드러났다. 그녀는 아르튀르가 곤란해 하는 것을 즐겼다. 아무튼 아르튀르 드레퓌스는 에로틱한 생각 때문에 주의를 소홀히 하여 큰 사고를 불러오지 않도록 도로에만 집중하면서 차를 빨리 몰았다.

어머니께서 식사를 잘하셨어요. 그들이 한 번도 보지 못했던 젊은 간호사가 말했다. 생선은 남기셨지만 채소 퓌레는 다 드셨네요. 그러자 식인종의 아들 안에서 갑작스런 슬픔이 회오리쳤다. 어머니가 불법 장비도 서슴지 않고 쓰던 낚시꾼, 즉 그의 아버지를 더 이상 사랑하지 않으면서부터 생선도 잘 먹지 않았다는 사실이 떠올랐기 때문이다. 환자분이 약간 멍한 상태이실 수 있어요. 간호사가 말했다. 금방 약을 드셨거든요. 하지만 오늘 아침에는 다른 때보다 진정된 상태세요. 그래도 저한테 두 번이나 엘리자베스 테일러를 불러 달라고 하셨어요. 그러더니 간호사가 작은 목소리로 이렇게 덧붙였다. 제 생각에는 어머니가 약간 머리가 도신 것 같아요. 뭐, 어쨌건 그래요.

그분은 머리가 돌지 않으셨어요. 그들의 대화를 듣던 쟈닌 푸캉프레즈가 딱딱한 목소리로 대꾸했다. 머릿속에 가득 차 있는 굉장한 것들을 표현할 적당한 말을 못 찾고 계신 것뿐이에요.

테레즈 르카르도넬은 엘리자베스 테일러가 방에 들어오자 우둔해 보이는 미소를 지었다.

아들의 눈에는 그녀에게 남아 있던 얼마 안 되는 살이 하룻밤 사이에 다 빨려 들어가 흡수되어 버린 것처럼 보였다. 이제 남아 있는 피부는 미세한 그물조직이나 발랑시엔 레이스로 보일 만큼 무척이나 얇아져 각진 아래턱과 튀어나온 이마뼈, 광대뼈, 나비뼈*를 더 이상 가려 주지 못했다. 그녀의 얼굴은 미소 지은 상태로 굳어 있는 죽은 여자의 얼굴 같았고, 움푹 들어간 눈은 배수구 속 깊이 빠져 있는 진주 두 알 같았다. 마르고 갈라진 입술은 사포처럼 거칠었다. 그녀는 간신히 몇 마디를 발음해 냈다.

- 잘 왔수. 잘 됐슈. 너무 아름다워, 천사, 걔는 날개가 없어.

---

* 머리 양쪽 눈높이에 걸쳐 있는 나비 모양의 뼈.

테레즈는 투명한 베일 같은 눈꺼풀로 잃어버린 진주를 다시 덮었다.

아르튀르 드레퓌스와 쟈닌 푸캉프레즈는 어둡고 끔찍한 슬픔의 바다에 빠져 있는 그녀의 손을 각자 하나씩 잡았다 — 왼손은 이미 차갑고 파리해져 있었다 — 하지만 놀랍도록 아름다운 버터필드8*의 등장으로 그녀의 무시무시한 얼굴에는 이제 사라지지 않을 미소가 그려졌다.

시간을 보낸 두 사람은 그들은 카페테리아로 내려가서 감자칩 두 봉지를 샀다. 그녀는 플레인 맛을, 그는 바비큐 맛을 골랐다. 그리고 마스 초코바와 바운티 초코바를 하나씩 사고, 자판기에서는 커피 두 잔을 뽑았다. 자판기에서 커피가 느릿느릿하다 못해 한 방울씩 떨어지는 게 아닌가 싶은 속도로 내려오는 동안(자판기 또한 병원에 있을 이유가 있는 모양이었다), 그들은 서로에게 미소 지었다. 그 미소로 두 사람의 마음과 두려움은 가까워졌고 그들이 잃어버렸고 점점 더 놓치고 있는 모든 것으로부터 잠시나마 멀어졌다. 엄마, 추억, 음악, 사랑…… 그 상실이 너무나 뼈아파 우리를 떨게 하고 우리를 파괴하며 우리를 비인간적으로 만드는 모든 것과 멀어졌다.

사랑은 암살자가 되지 않는 유일한 방법이다.

* 영화 〈버터필드8〉에서 엘리자베스 테일러는 버터필드8이란 이름으로 불리는 매춘여성으로 출연했다.

163

이제 얼굴에 영원한 미소를 새긴 테레즈 르카르도넬은 그들이 지켜보는 가운데 죽어 가고 있었다. 그녀의 영혼은 클레오파트라 테일러의 날개 위에서 느와이야의 영혼을 만나러 떠나가고 있었다. 그녀는 더 이상 무슨 말을 하지도, 움직이지도 않았다. 이별의 말과 사랑의 말은 흔히 다르지 않기에, 아르튀르 드레퓌스는 좀 더 일찍 어머니에게 이별과 사랑의 말을 하려고 했다. 하지만 아르튀르와 마찬가지로 아르튀르가 속에 품고 있는 말들도 두려움에 묶여 표현되지 못했다. 쟈닌 푸캉프레즈가 침대를 돌아 그의 뒤에 와서 앉았다. 환상적인 몸매와 딸기 같은 입술을 가진 이 깜찍한 여자 시라노*가 그의 귀에 마지막 말을 속삭였다. '엄마와 함께해서 행복했어요. 고마워요. 느와이야를 만나게 되면 오빠가 사랑했다고, 항상 보고 싶다고 전해 주실래요? 느와이야는 우리들의 지극한 아름다움이잖아요.' 아르튀르 드레퓌스는 그녀가 속삭인 이 말들을 따라했다. 때때로 눈물이 음절이며 단어를 통째로 적셨다.

'난 슬프지 않아요, 엄마. 이제 세 사람 모두 커다란 나무 위에 같이 있겠네요. 저도 만나러 갈게요. 그리고 엘리자베스도 같이 갈 거예요, 저랑 같이 갈게요. 이제 엄마 곁을 떠나지 않을 거예요……. 사랑해요.' 쟈닌 푸캉프레즈가 소곤소곤 말했다. 어머니께 사랑한

---

* 시라노 드 베르주라크. 17세기 프랑스의 작가이자 검객이었으며, 19세기 극작가 에드몽 로스탕이 시라노를 주인공으로 쓴 작품이 히트를 치며 후대에 사랑의 언어의 연금술사로 알려지게 되었다.

다고 말씀드려, 아르튀르. 이건 아주 중요한 일이야. 안 그러면 가시기 더 힘들지도 몰라. '사랑해요.' 아르튀르 드레퓌스는 또박또박 말했지만, 그 불멸의 말은 그의 입속에 이미 가득했던 짭짤한 물과 고통과 침으로 인해 녹아 버렸다.

그때, 굳어 있던 어머니의 미소가 바르르 떠는 것 같았다.

감동한 쟈닌 푸캉프레즈가 아르튀르 드레퓌스 쪽으로 얼굴을 돌렸다. 이렇게 해서 베풂의 순환이 이루어지고 그 영원한 전율이 뒤따르리라. 서로 주고받는 순환의 고리가 시작되었다. 먼저 아르튀르가 선사한 아이의 웃음 덕분에 그녀가 이렇듯 멋지게 살아남았다. 그다음은 그녀 차례였다. 그녀는 위로받지 못한 그의 어머니에게 평화를 안겨 주었다. 그러면 어머니는 이 같은 세상의 다정함을 야생벚나무에 사는 먼저 간 가족들에게, 바람에게, 숲에게, 그리고 우리를 이루는 먼지에게 전해 줄 것이다. 그러면 사랑은 결코 사라지지 않는다.

자판기 커피는 여전히 한 방울씩 떨어지고 있었다.

갑자기 쟈닌 푸캉프레즈는 들고 있던 감자칩을 덜컥 내려놓더니 떨리는 손으로 아르튀르 드레퓌스의 손을 잡고 있는 힘껏 쥐었다. 그리고 두려움에 쉰 목소리로, 불안에 긁힌 목소리로, 기다림의 시간에 종지부를 찍었다.

– 당신과 사랑을 나누고 싶어, 아르튀르. 날 데려가 줘.

그들은 당직 의사가 올 때까지 기다리지 않았다. 의사는 와서 알아듣지 못할 소리만 늘어놓을 것이 뻔했다. '공초점 레이저 주사 면역세포화학, 피질 및 백질 내의 점성 부위 또는 뇌정위법' 같은 외계어 말이다. 그 이후에야 인간적인 배려를 하는 차원에서 완곡하게 정리해 줄 것이다. "걱정 마세요. 다 잘되고 있어요. 다 예상한 대로 되고 있어요." 그래서 기다리지 않았다. 그들은 꼭 잡은 손을 놓지 않은 채 서비스용 차량이 있는 데까지 달려갔다. 마치 낀 손가락 사이로 그들의 피가 섞여 들어가고 있는 것 같았다. 아르튀르 드레퓌스는 운전석에 앉은 뒤 사랑으로 중상을 입은 두 환자를, 슬픔에 희생된 두 응급 환자를 이송하는 구급차를 몰 듯 미친 듯이 돌진했다. 그들은 10분 만에 22킬로미터를 달렸다. 평균 시속 132킬로로 달렸다는 말이 된다. 완전히 이성을 상실한 행동임이 분명했다. 하지만 벼락이 칠 때의 빛이 초속 30만 킬로미터로 이동한다는 사실을 생각하면 (오타가 아니다. 정말 초당 30만 킬로미터다) 이 두 사람은 아주 강력한 벼락을 맞았으니 그 정도 속도는 양반이었던 셈이다.

집 앞에 도착하자 그는 거칠게 브레이크를 밟고 정차했다 — 내일 아침에 PP 사장이 타이어 상태를 보면 분명 한마디 할 정도였다. 하지만 그 전에 내일 아침이면 다른 사람들 모두가 울부짖겠지 — 그들은 경주용 차량처럼 내달렸던 차에서 내려 폭풍우 치는 날의 바람처럼 집 안으로 달려 들어갔다. 아르튀르 드레퓌스는 천

둥소리가 나도록 쾅 하고 발로 현관문을 닫았다. 그러자 갈망의 응급상황이 지나고 욕망의 정체와 침묵이 찾아왔다.

두 사람은 슬로우모션으로 움직이는 것 같았다.

쟈닌 푸캉프레즈가 우아한 움직임으로 제자리에서 빙글빙글 돌았다. 초경의 핏빛을 연상시키는 붉은색 치마가 나비처럼 펄럭였다. 그녀의 희고 긴 다리가 어슴푸레한 거실에서 잠시 빛을 발했다. 그런 다음 그녀는 천천히 벽에 등을 기댔다. 마치 나비가 벽에 사뿐히 내려앉는 것처럼 보였다. 홀려 버릴 것 같은 그녀의 입술이 빛났다. 둥글고 높게 솟은 그녀의 광대와, 아르튀르 드레퓌스를 바라보는 그녀의 눈이 빛났다. 아르튀르 드레퓌스의 입은 바짝 말랐고 손은 축축하게 젖었으며 심장은 격하게 고동쳤다. 쟈닌 푸캉프레즈의 목에서 짧은 아리아와 같이 맑은 웃음소리가 날아올랐다. 작은 자갈돌이 샘물에 퐁당 빠질 때 나는 소리 같았다. 그녀는 여전히 슬로우모션으로 움직이며 계단으로, 3층으로, 침실로, 침대로 날개를 펄럭이며 날아갔다.

아르튀르가 쟈닌을 따라잡았을 때, 그녀는 작은 창문 앞에 서 있었다. 그녀가 떨리는 손가락으로 걸친 셔츠의 단추를 하나하나 푸는 모습은 흡사 심장을 찾기 위해 피부를 절개하고 있는 것처럼 보였다. 어서 와, 어서 이리 와, 다 당신을 위한 거야. 그녀가 속삭였다. 아르튀르 드레퓌스가 비틀거리며 다가갔다. 이제 세상에서 가장 아름다운 가슴이 그에게 주어질 참이었다. 그는 그것을 보고, 만지고, 쓰다듬고, 아마도 핥고, 살짝 깨물고, 삼켜 버릴 것이다. 그는 그 가슴 안에 푹 빠져서 죽어 버릴 것이다. 그렇다. 이제 그는 죽어도 됐다. 상상했던 것보다 색이 짙은 실크 브래지어가 미끄러져 내리면서 훌륭한 두 개의 살덩이가, 이 완벽한 가슴이 자유를 찾았다. 살갗은 오렌지의 속껍질처럼 하얬다. 유륜은 선명했으며 유두는 단단하고 생기 있었다. 쟈닌 푸캉프레즈는 끔찍이도 아름다웠고 그녀의 가슴은 아르튀르 드레퓌스가 지금껏 보았던 것 중 가장 경이로웠다. 믿을 수 없을 정도라 마법과도 같다고 느껴졌다. 수줍어하면서도 뜨거워진 '그'와 '그녀'는 아름다웠다. 두 사람은 어설픈 소년 소녀로 돌아간 것처럼 부끄러워하고 조심스러워 했으며 그 모습은 사랑스러웠다.

쟈닌 푸캉프레즈는 라이언 고슬링을 닮았지만 '더 잘생긴' 정비공의 손을 잡아 자신의 왼쪽 가슴으로 가져갔다. 눈부신 뜨거운 가슴이 떨고 있는 듯 보였지만, 북처럼 둥둥 울리고 있는 것은 그 아래 그녀의 심장이었다. 마치 목 안에 있는 새 한 마리가 날갯짓을 하듯 심장이 불안에 떨고 있었다. 그녀는 젊은 연인의 손을 조금 더 눌러서 감미로움과 현기증, 욕망에 빠져들게 했다. 그러자 아르튀르 드레퓌스가 거친 숨소리를 내더니 소리를 질렀다. 그러고는 거칠게 손을 빼더니 계단의 그림자 속으로 달아났다. 그만 사정해 버린 것이다.

별일 아니야, 누구나 다 겪는 일이야. 이런 종류의 말은 하지 말

자. 아르튀르 드레퓌스에게는 심각한 일, 심지어 매우 심각한 일이었다. 누구에게나 일어나든 말든 상관없었다. 자기 일이 된 적도 없었고, 되리라 상상해 보지도 않았다.

그런데 누구나 겪을 수 있다는 그 일이 그에게 일어나고 말았다.

그의 일생일대의 꿈은 — 정확히 6초 동안 — 이루어지긴 했다. 그 꿈은 그가 중학교 3학년 때 나데즈 르쁘띠와의 일 이후, 안마를 넘던 80E 사이즈의 리안 르고프 이후, 초등학교 4학년 때의 베르에르슈트레텐 선생님 이후 품어 온 절대적인 꿈이다. 둥그런 지구본 두 개를 붙여 놓은 것 같은 베르에르슈트레텐 선생님의 가슴을 보면서 그는 백 번이고 천 번이고 그 가슴골 사이를 흐르는 눈물 한 방울, 향수 한 방울, 땀 한 방울이 되고 싶다고 생각했다. 그런데 이런 일생일대의 꿈을 가장 애통한 방식으로 바지 속에서, 암흑과 수치심 속에서 그냥 날려 보낸 것이다. 그는 어리석었던 사춘기 시절과 똑같은 실패를 맛보고 말았다.

하지만 쟈닌 푸캉프레즈의 구원을 주는 달콤한 목소리가 그의 심장을 울리고 그의 불명예를 씻어 냈다.

– 아르튀르, 당신이 나를 그렇게 원한다는 게 난 기뻐. 정말 사랑스러워 보여.

그러자 아르튀르 드레퓌스는 잿더미처럼 그를 덮고 있던 그림자에서 몸을 일으켜, 침대 위에 있는 구원자에게로 갔다. 그녀는 아무 것도 걸치지 않고 누워 있었다. 스칼렛 요한슨의 수많은 반나체 사진을 보고 상상할 수 있는 것보다 훨씬 더 아름다운 모습이었다. 아르튀르는 가벼운 현기증을 느꼈다. 쟈닌 푸캉프레즈는 경이로운 육체 그 이상이었다. 그녀는 가슴을 뒤흔드는 단어들로 이루어진 존재였다. '떨림/바람/우주/불확실한 고통/다정함/새벽.' 가늠할 수 없는 조그만 살점과 같은 이 단어들은 삼라만상의 무게를 지니고 있었다.

그는 불운에 놀란 가슴을 가라앉혔다. 그녀는 아르튀르가 다시 흥분을 느낄 수 있도록 기다려 주었다. 그는 덕분에 새하얀 골짜기로 뛰어들어 섬세하게 살이 오른 기슭, 무성한 털뭉치(혹은 '덥수룩한 털?' — 아마추어 통역사인 티리아르 선생님도 어떤 표현이 적합한지 주저했던 부분이다)에 도달할 수 있었다. 그녀는 이 풍성한 털뭉치를 자연스러운 야생의 상태로 보존한 것은 마리아 슈나이더의 털뭉치에 대한 존경의 표시라고 말한 바 있다. (베르나르도 벨루치 감독의 1972년작 〈파리에서의 마지막 탱고〉에서 열연했던 마리아 슈나이더 말이다. 이 영화는 제1회 우드스톡 페스티벌이 개최되고 3년 후에 발표되었다. 실제로 이 페스티벌에 참석한 젊은 남자들은 장발을 했는데 머리에 특히 기름기가 많았다. 젊은 여자들은 겨드랑이 털을 덥수룩하게 길렀는데 여기에도 기름기가 많았다.)

쟈닌 푸캉프레즈는 연인의 아이와 같이 단순하고 경이에 찬 눈빛에 감동해 웃었다. 환한 행복의 웃음이었다. 이 웃음은 방 안에서 높이 날아오르고 튀어 오르더니 모든 사람에게, 특히 그녀의 엄마에게 이렇게 말하는 것 같았다. 엄마, 잘 보세요, 엄마의 침묵은 끝내 날 더럽히지 못했어요. 만약 이 창백한 순간을 위한 음악을 하나 선택한다면, 세르쥬 갱스부르가 작곡하고 제인 버킨이 부른 '행복이 사라질까 두려워 행복으로부터 달아난다네(Fuir le bonheur de peur quil ne se sauve)'가 딱이다. 믿을 수 없으리만치 향수를 자극하는 제인 버킨의 여린 목소리가 쟈닌 푸캉프레즈의 기도를 간신히 감싸 주었을 것이다.

– 아르튀르, 당신이 처음은 아니야. 하지만 당신이 마지막이었으면 좋겠어.

그사이, '쿠리에 피카르' 지의 리고댕 기자(아미앵 및 주변 지역을 포함한 현지 뉴스 담당)는 롱 시의 홈페이지에 토막 기사를 올렸다.

이 짤막한 기사 또는 포스팅은 클로데트라는 두 아이의 엄마이자 '밤말은 쥐가 듣고 낮말은 새가 듣는다'라는 블로그를 운영하는 블로거에 의해 트윗되었다.

이 트윗, 혹은 140자 이내로 하는 잡담을 본 비르지니 라 샤펠(페이스북 가입자인 그녀가 포스팅한 사진들로 봐서 그녀는 플라비 플라망과 대니 분, 토마 뒤트롱, 브루노 기용의 팬인 것 같다)은 자신의 페이스북에 간단한 포스팅을 남겼다. '스칼렛 요한슨, 롱에 오다. 대박.'

그러자 불과 몇 초 만에 백여 개의 좋아요는 물론이고 화려한 댓글이 줄을 이었다. '롱 아일랜드에요??' '롱, 거기가 어디죠? 세르롱 말인가요?' '스칼렛, 짱이잖아요. 어디 있는 거예요?' '그녀가 라

이언 레이놀즈의 곁을 떠난 것 같군요. 하롱 베이에 있는 건가요?'
'롱(long)? 내 거시기처럼 길다고요?' '영화 아일랜드 너무 좋아요.'
'끝내주는 가슴이야!' '스칼렛 요한슨의 리얼 돌을 주문했음. 드디
어 안아 볼 수 있음.' 등등.

마치 물수제비를 뜨듯 이 소식은 친구의 친구의 친구에게로 꼬리
에 꼬리를 물고 퍼져나갔다. 마침 타이어 학대자 지페 사장이 운영
하는 캠핑장에는 왈롱에서 온 부부 한 쌍이 캠핑을 하고 있었는데,
이들도 비르지니 라 샤펠의 페이스북을 보게 되었다. 그 즉시 그들
은 (면적이 9.19평방킬로미터밖에 되지 않는) 이 작은 마을을 한 바퀴 돌기
로 했다. 그러다 보면 우연히 그 전설적인 여배우와 마주칠 수도
있고, 또 낚시꾼들의 천국이라 불리는 그랑드 위트 연못을 배경으
로 인증샷도 찍을 수 있지 않겠는가. 아, 그렇게 된다면 그라스-올
로뉴에 있는 집으로 돌아갔을 때 친구들이 얼마나 놀랄까. (그라스-
올로뉴는 벨기에 리에주 주에 속한 도시로, 이곳 주민들은 '그라시외-오로뉴아'*
라는 예쁜 이름으로 불린다.)

쉬는 날 PP 사장이 인터넷 서핑을 하며 빈둥빈둥하는 것을 즐기
는 반면, 그의 세 번째 부인 마담 쥘리는 매주 꽃단장 의식(전신 제모,
각질 제거, 팩, 네일, 발바닥 굳은살 제거, 염색, 새로 설치한 5중 분사 샤워헤드를 이
용해 뜨거운 물로 천천히 자위하기 등의 일련의 과정)을 치른다. 이날도 쥘리

---

* 그라시외gracieux는 '상냥하고 우아한'이라는 의미다.

가 꽃단장 의식에 몰두하는 동안, PP 사장은 외설적이고 선정적인 제목의 사이트나 큰 엉덩이에 풍만한 몸매를 가진 글래머들의 사진 따위를 한가롭게 구경하고 있었다. '아주 자연스럽게' 여배우 전문 사이트에 들어간 그는 스칼렛 요한슨에 관한 글을 보게 되었다. 이 사이트에서 그는 경악을 금치 못할 사실을 알게 되었다. 최근에 촬영한 의류 브랜드 망고의 광고 사진에서 포토샵으로 그녀의 가슴 사이즈를 꽤 많이 줄였다는 사실이었다. 덕분에 멋진 방탕아 같던 그녀의 가슴이 초라한 불량배처럼 쪼그라들었다. 도대체 말도 안 돼. 다음은 또 어떤 정보가 있나.

같은 사이트에서 그는 스칼렛 요한슨이 9월 14일 저녁에 에페르네에 있었다는 사실을 알게 되었다. 그리고 그곳에서 150킬로미터 떨어진 곳에 있는 롱에 다음날 그녀가 도착한 것이다. 그제서야 그는 상황을 꿰뚫은 듯, 샤워헤드에 취해 있는 쥘리를 향해 소리를 질렀다.

– 여보, 아르튀르가 우리한테 거짓말을 했어. 안젤리나 졸리가 아니라 바로 스칼렛 요한슨이었어!

아르튀르 드레퓌스는 옷을 벗고 그녀 옆에 누웠다.

두 사람의 살갗은 반짝거렸다. 이제 그들이 가졌던 두려움은 희미해졌다. 그들은 손을 잡고 있었다. 아르튀르 드레퓌스는 아직 그 멋진 가슴에 손을 얹을 엄두를 내지 못하고 있었다. 조금 전 손으로 그녀의 가슴을 살짝 맛보기는 했지만, 알다시피 그 결과는 참담했다. 그는 일이 벌어지고 격렬해지기 전의 이 시간, 이 긴 욕망의 시간을 원했다. 그는 스칼렛 요한슨을 만끽하고, 일생 동안 그녀에 취하고, 그녀로 가득 채워지고 싶었다. 그녀는 내일 떠날지도 모른다. 내일 사라져 버릴 수도 있다. 하지만 지금 그녀는 정비공인 그의 손 안에 있었다. 밀렵꾼 아버지의 손처럼 그의 손도 거칠고 강했다. 절대로 잡은 것을 놓치지 않고 떨지도 않는 그런 손이었다. 그는 미소를 지었다. 그녀를 마주 보지 않아도 그녀도 미소 짓고 있다는 것을 알았다. 금세 두 사람은 같은 속도로, 같은 리듬으로 호흡하기 시작했다. 이 장면에 어울리는 배경음악이라면 — 섬세한 곡, 가령 키스 자렛의 '쾰른 콘서트 실황 피아노 연주'가 좋겠다. 두 사람이 맞잡은 손에서 새로운 뜨거움이 느껴졌다. 그가 유년기와 성인기에 느꼈던 열기, 그리고 그에게 화상을 남긴 열기를 동시에 닮아 있었다. 나 덥기도 하고 춥기도 해. 그가 중얼거렸다.

그녀도 따라 말했다. 나 덥기도 하고 춥기도 해. 그들은 사랑을 나누기 시작했다.

– 아르튀르, 난 당신과 같이 있으면 무섭지 않아. 당신은 다정해. 당신은 잘생겼어.

그는 바바라*의 노래가 떠올랐다. 한때 이 노래의 가사를 무척

---

* 프랑스의 싱어송라이터이자 배우.

좋아했다. '자, 이리 와, 당신에게 맹세할게/당신 전에는 이전이란 없었어.' 그래서 그는 를리에브르몽 부인의 얼굴까지 잊었다. PP 사장이 자리에 없었던 어느 날, 그는 그녀가 하도 졸라대는 통에 그녀의 차 르노 에스파스 뒷좌석에서 그녀를 취한 적이 있다. 를리에브르몽 부인은 바로 공증인인 를리에브르몽 씨의 아내인데, 그의 총각 딱지를 떼준 여자였다. 그녀는 격렬하고 단도직입적인 데다 저속하며 굶주려 있는 선정적인 사람이었다. '아, 자기야, 싸, 어서 싸 버리라고!' 그녀의 울부짖는 소리에 아르튀르는 넋이 나가서 사정했고, 그녀는 암컷처럼 비명을 질렀다. 그때 그는 육체적 사랑의 격렬함이, 외설스러움이 좋았다. 예전에 알베르에서 만났던 가슴 큰 단역배우와 이 공증인의 부인, 그에게는 이 두 경험이 처음이었다. 하지만 그는 아름다운 쟈닌 푸캉프레즈의 귀에 이렇게 속삭였다. 당신을 만나기 전에는 이전이란 없었어. 이 말은 그 순간 그가 알고 있는 가장 아름다운 사랑의 말이었다. 그러자 그녀는 그를 향해 조심스럽게 얼굴을 돌려 그의 뺨에 입을 맞췄다. 고마워. 당신과 같이 있어서 좋아. 그의 흥분이 되살아나자, 그녀는 — 얼굴을 살짝 붉히며 — 매력적으로 웃었다. 아르튀르, 난 당신과 함께 있을 거야. 난 당신을 선택했어. 하지만 난 당신이 뭘 좋아하는지도 몰라. 당신이 좋아하는 게…… 글쎄, 모르겠어. 생선구이를 좋아하는지, 꼬치를 좋아하는지, 아멜리 노통브의 책을 좋아하는지, 셀린 디옹의 음반을 좋아하는지 모르겠어. 그리고 그녀는 킥킥거리며 피셀 피카르드를 좋아하는지도 모르고 있다고 덧붙였다. 쟈닌 푸캉프레즈는 아르튀르 드레퓌스의 얼굴을 잘 보려고 몸을 돌려 옆으로 누웠다. 그러자 그녀의 가슴이 마치 수은이 천천히 흘러내리듯 미끄러져 내렸다. 그 모습이 무척이나 아름다웠다. 난 책 읽는 걸 좋아해. 그가 고백했다. 하지만 집에 책은 많지 않았어. 우리 아버지는 책을 읽는 동안은 사는 것이 아니라고 늘 말씀하셨어. 어머니 생각은 달랐지. 어머니는 도서관에서 책을 빌리셨어. 어떤 책을 빌리셨더라? 델리, 다니엘 스틸, 카렌 데니스 같은 작가들이 쓴 연애소설이 대부분이었어. 어머니는 이런 책들이 느와이야가 남긴 빈자리를 채워 준다고 했어. 어머니는 책을 읽다가 울기도 하셨는데 그럴 때면 말이 자신을 씻어 주는 거라고 했지. 멋지다. 쟈닌 푸캉프레즈가 말했다. 아니, 바보 같아. 그리고 그들은 웃었다. 한번은 어떤 차 안에서 시집을 한 권 발견하게 되었어. 사고를 당한 차였지. 그런 곳에서 시집을 발견하게 되리라곤 꿈에도 생각하지 못했어. 난 그 책을 가지기로 했어. 그리고 수없이 읽었지. 그 시집을 읽을수록, 우리가 인생에서 발견하는 모든 것은 이미 말로 먼저 발견되었고, 우리가 느끼는 모든 것은 이미 누군가가 먼저 느낀 것이라는 사실을 알게 되었어. 앞으로 일어날 모든 일이 이미 우리 안에서 일어나고 있다는 걸 알게 된 거야. 쟈닌이 몸을 부르르 떨었다. 그는 말이 언제나 우리보다 앞선다는 사실을 깨달으며 살짝 우수에 젖었다. 난 당신이 하는 말이 좋아. 그녀가 말했다. 그 시집에는 최소 반세기 정도 수명이 남아 있는 젊은 청년에 관한 시도 하나 있어. 그가 말을 이었다. 그 시에는 이런 구절이 나와. '그는 진부한 희망에 미소 짓는다.' 쟈닌이 살짝 샐쭉해졌다. *진부하다banal*는 말이 문제야. 이 말에는 이미 끝이라는 의미가 들어 있지. 그녀가 그의 말을 가로막았다. 그러나 그는 기분 상해 하지 않았다. 새로운 말의 시간이 올 테니. 난 말이야, 시를 그다지 좋아하지 않아. 학교에서의 나쁜 기억만 남아 있거든. 4학년 때 배운 보쉬에*, 고등학교 1학년 때 배운 퐁쥬**인지 에퐁쥬***인지가 그렇지. 이렇게 말하고 그녀는 웃었다. 반면에 아멜리 노통브는 무척 좋아해. 재미있는 사람 같아. 난 노통브는 잘 몰라. 당신이 원하면 노통브의 책을 한 권 읽어 줄게. 셀린 디옹도 마찬가지야. 당신도 알고 있듯 내가 무척 좋아하는 가수야. 날 구원해 주었거든. 하지만 당신이 싫다고 하면 당신보고 셀린 디옹을 좋아하라고 하지는 않을게. 또 당신이 싫다면 앞으로 그녀의 노래도 듣지 않을게, 약속할게. 그녀는 또 웃었다. 그런데 당신은 어떤 가수를 좋아해? 아르튀르 드레퓌스가 미소 지었다. 난 좋아하는 가수가 없어. 그냥 노래를 좋아할 뿐이야. 그게 다야. 어떤 노래? 음, PP 사장이 정비소에서 늘 틀어 놓는 오래된 노래들. 사장님 나이뻘 되는 사람들이 즐겨 듣는 노래들.

---

* 17세기 프랑스 성직자이자 사상가로 많은 종교이론서와 문학적 가치가 높은 저서를 남겼다.
** 20세기 프랑스의 시인이자 비평가.
*** 프랑스어로 스펀지라는 뜻이다.

예를 들면 레너드 코헨의 '수잔(Suzanne)'. 그리고 레지아니*의 노래들. 다니엘 기샤르가 부른 '나의 늙은 아버지(Mon vieux)', 이 노래를 들으면 우리 아버지 생각을 하게 돼. 아버지가 나이 들었다면 어떤 모습이었을까 하면서 말이야. 너무 오래되어서 거의 썩어 빠진 카세트라 연필로 다시 되감아야 하지만 PP 사장은 이 테이프를 아주 좋아해. 1975년에 다니엘 기샤르가 이곳에 왔을 때 직접 증정한 테이프라서 그래. 그리고 발라브완**의 곡도 좋아해. 골드만과 달리다도 좋고. 페기 리도 좋아하는데, 어느 날 어떤 손님이 놓고 가서 듣고 있어.

샤닌 푸캉프레즈가 미소 지으며 얼굴을 가까이 가져오더니 아르튀르 드레퓌스의 입술에 키스했다. 그녀의 혀는 부드러웠고 빙글빙글 도는 것이 마치 나비의 날개 같았다. 그녀는 눈을 감고 있었고 아르튀르 드레퓌스는 눈을 뜨고 있었다. 그녀를 보고 싶었기 때문이었다. 그녀를 감상하고 싶었던 것이다. 그는 그의 입 안에 있는 나비의 날개 같은 혀의 움직임처럼, 눈꺼풀 아래 있는 그녀의 안구가 좌우로, 혹은 때때로 원을 그리며 쉴 새 없이 움직이는 것이 좋았다. 그녀는 열정이 가득했고 사랑에 빠져 있었다.

날 바다에 데리고 가 주겠어? 좋아. 가장 아름다운 바다가 어디지? 몰라. 난 PP 사장과 마담 쥘리와 함께 그리-네 곳에 한번 갔었

---

* 1960년대 활약한 이탈리아 출신의 프랑스 가수 겸 배우.
** 1986년에 헬리콥터 사고로 30대의 나이에 요절한 프랑스의 젊은 가수 겸 작곡가.

어. (아마추어 지리학자와 호기심 많은 분들을 위해 간단히 안내해 보겠다. 그리-네 곳은 위상과 오드레셀 사이의 파-드-칼레 레지웅에 속한 인구 600명의 오댕강 코뮌에 있는 오팔 해안 가운데에 있다. 이곳은 프랑스의 연안 지역 중 영국과 가장 가까운 지점이다. 두브르에서 정확히 28킬로미터 떨어져 있다. 봄과 가을에 관찰할 수 있는 철새들 — 멧새, 연작류, 개개비, 갈매기류 등 — 이 모여드는 철새도래지라서 조류학자들의 사랑을 받는 곳이다. 특히 바위로 이루어진 곳에서 내려다보는 전망은 황홀하다. 그럼에도 불구하고 상당히 흉한 자살 사건이 빈번하게 일어나는 곳이기도 해서 통탄스럽다. 45미터 절벽 아래로 떨어지면 사람 몸은 애완견 사료에 가까운 상태가 되기에 눈살을 찌푸리지 않을 수 없다.)

거기 어땠어? 아름다워? 응. 아주 아름다워. 그곳에는 집도, 차도 없거든. 아마 천 년 전에도 똑같은 모습이었겠구나 하는 생각이 들었어. 바로 그래서 그곳이 아름다웠던 거야. 정지되어 있었기 때문에. 아르튀르, 당신과 함께 그곳에 가면 좋겠어. 당신이 좋다면 우리 내일 가자. 내일 거기로 데려갈게.

지금 이 순간이 참 좋아. 쟈닌 푸캉프레즈가 말했다. 당신이 멈춰 있는 것을 예쁘다고 생각한다니까 정말 좋아. 내가 아는 남자들은 모조리 다 급한 사람들이었어. 중학교 1학년 때의 일인데, 그때 한 남자아이가 내게 시를 보냈어. 지금도 기억나. '당신의 입'이라는 제목의 시였어. 난 이 시를 외우고 있어. 처음으로 날 울게 만든 시이기 때문이지. '가장 아름다운 정원에서 자라는/딸기 같다고 하겠지/난 그녀가 내게 키스해 주길 원한다네/당신이 못난이가 아니기

179

때문이지/오, 쟈닌/내 음경을 받아 주오.' 아무렇게나 쓴 시. 얼마
나 바보 같은지. 완전히 바보 같아. 난 내 몸이 싫다고 수없이 되뇌
며 살았어. 사람들이 내 몸을 내가 아닌 다른 사람과 착각하기 때
문이지. 내가 키가 더 크고, 더 마르고, 가슴이 더 납작했어야 했어.
몸이 더 우아하고 실루엣은 조금 덜…… '강렬'(그녀는 어떤 말을 쓸지
망설였다)했어야 했어. 그랬다면 사람들이 내 겉모습이 아니라 그 안
에 담고 있는 것을 보려고 했을 거야. 내 마음, 내 취향, 내 꿈 말이
야. 예를 들면 마리아 칼라스가 그래. 만약 그녀가 끝내주는 미인이
었다면 세간에서는 그녀가 사실 노래를 못 부른다며, 다 속이고 있
는 거라고 했을 거야. 하지만 그녀의 얼굴, 커다란 코, 무미건조한
몸매, 어두운 눈빛 덕분에 사람들은 그녀의 영혼과 고통을 사랑했
어. 이렇게 말하고 그녀는 자신의 고통을 일깨우지 않으려고 웃기
시작했다.

아르튀르가 말했다. 예전에 언젠가 우리 아버지가 말씀했어. 아
버지가 어머니에게 반한 점은 바로 어머니의 엉덩이였대. 엉덩이
를 좌우로 흔드는 모습에 마음을 빼앗겼던 거래. 욕망의 원천이 바
로 그 엉덩이였던 거지. 아버지는 어머니가 어떤 사람이었는지는
관심도 없었던 거야. 그럼 당신은? 제일 처음 당신의 마음을 사로
잡은 게 내 가슴 아니야? 그의 얼굴이 빨개졌다. 만약 내가 못생긴
여자였다면? 과연 육체가 없어도 욕망이 있을 수 있을까?

한동안 그들의 숨소리만이 들렸다. 폴랭은 '모든 것이 기다림으

로 가득한 채 지속되고 남아 있었다'*라고 했다. 마침내 아르튀르가 속삭였다. 육체가 없어도 욕망은 있어.

쟈닌이 잠시 눈을 감더니 몸을 떨었다. 그런 다음 화제를 바꿨다. 최후의 수단으로 지푸라기라도 잡듯이. 좋아! 내 취향 얘기가 나와서 말인데, 난 아몬드 파스타와 크리스마스에 먹는 부쉬 드 노엘 케이크를 좋아해. 잘 알아 둬. 그리고 그 위에 항상 플라스틱 요정 인형을 꽂는다는 것도. 특히 톱을 들고 있는 요정**을 좋아해. 그리고 언젠가는 오페라를 보러 가서 음악을 들으며 울어 보고 싶어.

당신 오페라 보러 간 적 있어? 아니. 아르튀르 드레퓌스가 대답했다. 그럼 오페라를 좋아할 것 같아? 글쎄, 봐야 알 것 같은데. 난 예전에 〈백조의 호수〉를 감상한 적 있어. 무척 아름다운 이야기야. 아주 슬픈 이야기지. 내 생각에 여기에 나오는 호수는 납치되어 밤마다 백조로 변하는 어린 소녀의 부모님이 흘리는 눈물 같아. 그리고 한 왕자가 그녀와 사랑에 빠지지. 왕자의 이름은 지그프리트야. 아주 아름다운 내용이야. 아주…… 비극적이기도 하고. 그리고 음악이 얼마나 아름다웠던지, 아, 난 울고 말았어. 마치 새로 태어나는 것 같아. 아르튀르 드레퓌스가 그녀에게 몸을 바짝 붙였다. 그도 그녀도 이 기막힌 흥분이 거북하지 않았다. 그들은 팔과 팔을

---

* 『면소재지』, 장 폴랭, 갈리마르, 1950.
** 통나무 모양 케이크인 부쉬 드 노엘은 요정 인형으로 장식하는데, 이 요정들은 톱이나 망치 같은 연장을 들고 있다.

맞댄 채 편안하게 자세를 잡았다. 그녀는 왼편을 아래로 해서 옆으로 눕고 그는 반대로 오른편을 대고 옆으로 누웠다. 그들의 화사한 살갗이 서로 맞닿아 그들의 욕망을 비췄다. 둘은 서로를 바라보았다. 두 사람이 함께하는 미래, 같이 들을 음악, 함께 느낄 행복을 상상하며 그들의 눈이 빛났다.

나도 노래를 듣다가 울었던 적이 있어. 아르튀르 드레퓌스가 말했다. 아버지가 떠나고 얼마 후부터 어머니는 마티니를 마시며 아버지를 기다렸어. 그때 라디오에서 에디트 피아프의 노래가 흘러나왔어. 아르튀르는 갑작스레 노래를 부르기 시작했다. 그의 목소리는 아름답고 맑았다. 쟈닌 푸캉프레즈는 감격했다. '하느님/그를 내게 남겨 주세요/조금만 더/나의 사랑을/하루, 이틀, 일주일/그를 내게 남겨 주세요/조금만 더.' 이 노래가 흐르는 가운데 우리 어머니는 부엌에서 춤을 췄어. 벌거벗은 채 손에는 술잔을 들고 있었어. 어머니는 취해 있었고 유리잔 밖으로 술이 넘쳐흘렀어. 나는 날것의 몸으로, 자신의 고통 속에, 비극 속에 빠져 있는 어머니가 아름답게 느껴졌어. 어머니는 팽이처럼 빙글빙글 돌면서, 웃으며 에디트 피아프와 함께 노래했어. '서로 사랑할 시간/서로 사랑한다 말할 시간/서로에게/추억을 만들어 줄 시간.' 어머니를 지켜보다가 난 울기 시작했어. 그러자 어머니가 나를 발견하더니 같이하자고 손짓했어. 어머니는 나를 품에 안고 춤추고 돌고 또 돌게 했어. 그러다가 어머니가 넘어졌고, 나도 어머니 위에 쓰러졌어. 어머니의 살

갖은 이미 차갑게 말라 있었어. 난 울었고 어머니는 웃었어. 그때가 당신이 몇 살 때였어? 열네 살. 오, 내 사랑, 내 사랑. 쟈닌 푸캉프레즈가 눈물로 젖어 반짝이는 그의 눈꺼풀에 입 맞추며 속삭였다.

아르튀르 드레퓌스가 그녀의 환상적인 몸을 세차게 끌어안자, 그 엄청난 가슴이 그의 상반신에 짓눌렸다. 마치 그녀의 가슴을 그의 몸속으로 들어오게 하려는 것 같았다. 아르튀르는 그녀의 가슴으로 그의 가슴을 가득 채워 그녀가 되려고, 그녀의 몸이, 그녀의 가슴이 되려고 하는 것 같았다. 숨 막혀. 스칼렛 요한슨이 가쁘게 숨을 내뱉으며 말했다. 그래도 좋아. 그러자 그는 그녀를 더 세게 끌어안았다. 그의 성기가 그녀의 다리 사이로 미끄러져 들어가 다리 사이에 갇혀 움직이지 못하게 되었다. 그러자 복슬복슬한 솜털이 그의 배를 간질었다. 그 즉시 그는 그가 교환해야 하는 시트로앵 피카소 차량의 망가진 오일 케이스 생각을 했다. 아래쪽에 있는 그의 고환 안에서 벌어지고 있는 일을 늦추기 위해서였다. 안 돼, 지금 먼저 흥분해 버리면 안 돼. 하지만 쟈닌 푸캉프레즈의 허벅지가 그를 부드럽게 쓰다듬었다. 그래서 그는 오일 케이스에 이어 몇몇 정치인과 롱 캠핑장 뒤편의 샤스-아-바슈 길 위에서 차에 치여 납작하게 된 개, 〈과대망상증〉에 나온 배우 알리스 사프리츠의 괴상한 얼굴 따위를 생각하려고 애썼다. 결국 그가 이겼다. 천천히 그의 흥분이 가라앉은 것이다. 내가 이렇게 하는 게 싫어? 그녀가 속삭였다. 아니, 좋아, 아, 하지만 난 너무 빨리 끝내고 싶지 않아. 오르가슴을 느끼고 싶으면 그렇게 해도 돼, 알잖아.

그는 그녀의 입에 오래도록 입을 맞췄다. 그는 쾌락에 대해 말하고 싶지 않았다. 그 모든 것을 말로 표현하고 싶지 않았다. 사실 말이라는 것은 조금 소름이 끼쳤다. 그는 이 사실을 조금 전에 똑똑히 깨달았다. 그녀에게 폴랭의 시집을 읽고 느낀 점을 설명하려 했을 때 말이다. 그 전날, 그가 으아위 숲에서 『나무 위의 남작』 이야기를 했을 때 그녀가 가까이 다가와 함께 발맞춰 걸었을 때도 그랬다. 그가 말로 그녀를 매료시키려 할 때마다 그런 느낌이 들었다.

아마도 제일 처음 시작하는 말, 그것은 침묵인가 보다.

그 후 쟈닌 푸캉프레즈는 라이언 고슬링을 닮았지만 더 잘생긴 정비공의 입에 자신의 보물, 이 세상의 수십억 남성들을 미치게 만든 바로 그 가슴을 제공하기 위해 침대 머리 쪽으로 올라갔다. 자, 당신 거야. 그녀가 말했다. 당신한테 줄게. 내 가슴은 이제 당신 거야. 오직 당신 거야. 아르튀르 드레퓌스는 바짝 마른입으로 쌍둥이 같은 멋진 가슴에 입을 맞췄다. 그의 혀는 가슴을 밀리미터 단위로 샅샅이 맛보았고, 그의 입과 손가락은 우윳빛 부드러움과 그의 입술 사이로 딱딱해지는 장밋빛 까칠함을 발견했다. 그의 뺨은 비단결 같은 피부를 쓰다듬었고, 그의 코는 그 안에 푹 빠져서 파우더 냄새, 꿀 냄새, 소금 냄새, 부끄러움의 냄새 같은 새로운 냄새를 맡았다. 아르튀르 드레퓌스는 세상에서 가장 아름다운 가슴인 쟈닌 푸캉프레즈의 가슴을 가득 머금고 울기 시작했다. 그러자 그녀는 엄마가 어린아이에게 하듯 남자들의 욕망과 사랑으로 가득 찬 자신의 가슴으로 그의 잘생긴 얼굴을 끌어안았다. 내가 있잖아. 그녀가 속삭였다. 울지마. 이제 울지마. 내가 있잖아.

그들은 그렇게 서로 포개져서 봉인이라도 된 듯 움직이지 않고 있었다. 그들의 심장은 서서히 고요를 되찾았고, 그들의 피부를 들러붙게 한 땀은 말라 버렸다. 그런 다음 그가 중얼거리는 목소리로 고맙다고 했다. 그녀는 이 말에 굉장히 행복했다. 난 우리가 언제까지나 이랬으면 좋겠어. 바보 같은 말이고, 불가능한 일이란 건 나도 알아. 그래도 그랬으면 좋겠어. 그는 그녀가 그렇게 말해서 좋았다. 그도 꼭 같은 생각이었다.

그도 이 행복이 절대 멈추지 않고 계속되기를 바랐다. 아름다움을 표현하기에 말이란 너무 서툴거나 꾸밈이 많기 때문에 눈물로 말을 할 수 있으면 좋겠다는 생각이 문득 들었다.

내가 배우가 되었으면 좋았을 텐데. 그녀는 즐거운 척하는 미소를 지으며 말했다. 뭐, 그렇게 되긴 했지만. 배우라. 거울에 내 뒷모습이 보여? 아니. 아르튀르 드레퓌스가 대답했다. 지금 말고 영화 속에서 말이야. 그녀가 설명했다. 그가 그렇다고 했다. 그는 그녀가 묻는 말에 다 그렇다고 대답했다. 그럼 내 엉덩이는 어때? 마음에 들어? 응. 그럼 내 가슴은? 내 가슴도 좋아? 응. 엄청. 고다르 감독의 〈경멸〉에서 배우 미셸 피콜리도 그렇게 대답했었다. 어떤 게 더 좋아? 내 가슴이야, 아니면 내 가슴의 뾰족한 끝부분이야? 응. 아르튀르, 바보 같아. 그녀가 웃으며 말했다. 모르겠어, 둘 다 똑같이 좋아. 내 얼굴은 좋아? 응. 그럼 내 마음은? 아르튀르, 내 마음도 좋아? 응. 그럼 내 영혼, 내가 갖고 있는 두려움, 당신에 대한 나의 갈망, 이런 것들도 다 좋아? 응. 그럼 사랑은 어때? 당신은 사랑을 믿어? 아마도 내가 당신에게 좋은 사람이라고 생각해? 내가 유일한 존재라고, 세상에 하나밖에 없는 귀하고 소중한 사람이라고, 내가 스칼렛이 아니라고 생각해? 내가 이런 외모를 가지지 않았어도 당신이 날 사랑했을 것이라고, 세상 모든 여자들처럼 나한테도 기회가 있었을 거라고 생각해? 응, 응, 응, 그리고 응. 당신은 쟈닌 이자벨 마리 푸캉프레즈이고, 당신은 유일한 존재야. 그리고 지난 며칠간 당신과 함께 있으면서 난 삼라만상의 아름다움과 느림을 발견했어. 이제 '(나는) 창살의 자물쇠와 십자가를 만지는 것만으로도 충분히/ 피할 수 없는 세상의 무게를 느낄 수 있지.'* 두려움은 아마도 사랑의 한 모습인 것 같아. 그래서 나는 이제부터 두려워할 수 있어. (쟈닌이 검지로 그의 입술을 쓰다듬자, 그가 흠칫 몸을 떨었다.) 그리고 난 당신이 느끼는 두려움을 사랑해, 당신의 모든 두려움을 사랑해. 쟈닌, 우리 두 사람 모두 부족한 게 있어. 어떻게 말해야 할까…… 그러니까 우리한테는 원부품이 없어. (그의 이런 표현에 두 사람 모두 미소 지었다.) 당신에게는 당신의 몸이 없고, 나한테는 아마도 날 사랑했지만 절

---

* 「철물점」, 『시간 사용 설명서』, 장 폴랭, 갈리마르, 1943.

대 그런 말을 할 위인이 아닌 아버지의 몸이 없어. 우린 둘 다 똑같아. 둘 다 같은 처지인거지.

둘 다 심하게 찌그러진 셈이지.

쟈닌 푸캉프레즈는 잠시 얼굴을 베개에 묻었다. 그에게 빨개진 눈을 보여 주고 싶지 않았던 것이다. 그럼 우리가 수리될 수 있다고 생각해? 당신은 신을 믿어? 운명을 믿어? 우리가 용서할 수 있을 거라 생각해? 응. 그러더니 아르튀르가 다시 말했다. 아니. 사실은 아니야. 난 믿지 않아. 난 우리 아버지를 용서할 수 없어. 아버지를 만나지 않는 한 말이야. 그럼 당신은 언제나 찌그러진 상태로 남을 거야. 그럼 당신은? 당신은 당신 어머니를 용서했어? 쟈닌 푸캉프레즈가 미소 지었다. 응. 어느 날 밤에 그랬어. 이곳으로 오기로 결심한 날 밤에, 내 인생을 끝장내지 않기로 한 그날 밤에 난 우리 엄마를 용서했어. 그럼 그 사진가는 어떻게 했냐고? 나한테 상처를 준 사람은 그가 아니야. 쓰레기 같은 작자였지만 나를 아프게 하지는 않았어. 내가 괴로웠던 것은 바로 엄마의 침묵 때문이었어. 더 이상 엄마가 날 건드리지도 않는다는 사실. 엄마가 날 똥덩어리처럼 본다는 사실. 이런 게 가장 아팠어. 그때 내가 하느님의 존재를 믿었으면 좋았을 걸. 하느님이 만든 작은 천국에서 솜같이 폭신한 구름 위에서 사랑하는 사람들을 다시 만난다고 믿었더라면. 그곳에는 당연히 아픔도 없다고 믿었더라면 말이야. 그곳에서 우리 아버지가 날 알아보실까? 모르겠어. 아르튀르 드레퓌스가 속삭였다. 우리 아버지가 찌그러진 나를 다시 펴 주실까? 이때 그가 손을 뻗어 그녀의 가슴에 얹고 천천히 쓰다듬었다. 그는 이제 겁나지 않았다. 그녀의 가슴을 보고, 자신의 손과 손가락을 보았다. 그는 감미로운 행복을 음미하며 비단결 같은 살을 가볍게 건드렸다. 그는 생각했다. 이게 내 손가락이고, 내 검지고, 내 피고, 내 엄지다. 내가 스칼렛 요한슨의, 아니 쟈닌 푸캉프레즈의 가슴을 만지고 있는 것이다. 어차피 두 사람의 가슴은 같다. 거의 같다. 하지만 똑같지는 않았다. 왜냐하면 쟈닌 푸캉프레즈의 가슴은 조쉬 하트넷도, 저스틴 팀버레이크도, 자레드 레토도, 베니치오 델 토로도 만져 보지 못한 것이기 때문이다. 당신 이전에는 이전은 없었어. 그리고 그가 가슴을 쓰다듬을수록, 쟈닌 푸캉프레즈의 몸은 더 활처럼 휘었고, 입은 천천히 더 말라 갔다. 그녀가 내쉬는 한숨은 점점 더 거칠어졌고, 그녀의 피부는 신기한 향이 나는 미세한 물방울로 더 뒤덮였다. 가끔 그녀의 눈이 뒤집어지는 것처럼 보였고, 그러면 아르튀르 드레퓌스의 눈에는 흰자위만 가득한 우윳빛 두 눈만이 보여서 조금 무섭기도 했다. 하지만 클리에브르몽 부인을 경험한 이후로 그는 여자의 쾌락에 대해 알게 되었다. 파도. 부인은 그렇게 표현했다. 자기야, 그건 파도와 같은 거야. 쫙 하고 손바닥으로 한번 갈긴 것과 같아. 그는 여자의 쾌락이 아주 부드러운 것부터 아주 끔찍한 것까지 모두 깜짝 놀랄 만한 반응을 일으킨다는 사실을 알고 있었다.

쟈닌 푸캉프레즈의 가슴은 끝내주는 성감대였다. 아르튀르 드레퓌스는 대지진, 오르가슴이 바로 자신의 손가락이 빚어 내는 은총으로 탄생했다는 생각에 가슴이 뿌듯했다.

그녀의 환상적인 육체가 외마디 비명과 함께 완전히 경직되더니, 거친 숨소리와 함께 다시 완전히 이완되었다. 쟈닌 푸캉프레즈의 얼굴은 새빨갛게 달아올랐고 이마에는 열도 났다. 그는 혹시 그녀가 어디 불편한 것은 아닌지 잠시 걱정했지만, 그녀는 미소를 짓더니 다시 생기가 돌아왔고 은인의 뺨에 불타는 것 같은 손을 얹었다. 날 지켜 줘, 부탁이야. 아르튀르는 감동했지만 단지 그러겠다고 대답할 뿐이었다.

파도가 완전히 물러가자, '세상에서 가장 아름다운 여인'은 딸기 같은 입을, 도톰하고 반짝이는 입술을 열었다. 그리고 이 세상 어떤 남자도 감히 꿈에도 바라지 못했던 우아하고 공기처럼 가볍고 매혹적인 문장을 입 밖에 냈다.

– 원하면 지금 내 안으로 들어와도 좋아.

바로 이 순간에 사정하는 것이 기분 좋았을지도 모르지만 — 아르튀르 드레퓌스는 지체 없이 기회를 낚아채는 대신 다른 선택을 했다. 그의 예쁜 입에서는 지금 말이 나왔다. 바로 그의 사랑의 말 — 그는 입으로 말하는 순간 그것이 말이라는 것을 알았다 — 이었다. 처음으로 육체와 영혼을 다 바칠 때 하는 단순하고도 진심어린 최종적인 말이었다. 쟈닌, 당신한테 할 말이 있어. 당신을 만나기 전까지 나에겐 꿈이 하나 있었어. 아우디 차량 정비소를 차리는

거였어. 아미앵이나 다른 곳에 공식인가를 받은 정비소를 꾸리고
싶었어. 사실 롱은 너무 시장이 좁거든. 아우디를 몰 수 있는 사람
이라면 기껏해야 시장과 공증인, 그리고 아마 토늘리에 씨 정도밖
에 없지. 난 아주 아름다운 정비소를 꾸미고 싶었어. 깔끔한 대기실
에는 가죽 소파와 네스프레소 커피머신, 신간 주간지를 구비해 놓
을 생각이었어. PP 사장의 카센터에는 오래된 철 지난 잡지밖에 없
었거든. 그나마 딱딱한 페이지 귀퉁이는 늘 침에 젖어 있었고, 십자
낱말 맞추기는 이미 다 풀어 놓았고, 요리 관련 페이지는 뜯겨 나
가 있었지. 그런데 바로 이런 꿈이 당신 때문에 사라져 버렸어. 이
말에 쟈닌이 몸을 일으켰다. 아르튀르는 안심시키려는 듯 미소를
지었다. 그 꿈은 이제는 내게 두렵지 않은 더 아름다운 무언가를
위해서 사라진 거야. 나 다시 학교에 다니고 싶어졌어. 말을 사용하
는 법을 배우고 싶어. 좋은 말을 찾아서 잘 조합해서 모든 것을 매
료할 수 있다면 좋겠어. 음악처럼 말이야. 쟈닌은 소름이 돋을 정도
로 감격했다. 그래도 PP 사장 밑에서 일은 계속 할 생각이야. 먹고
살려면 돈이 있어야 하니까. 걱정하지 마. 난 당신을 떠나지 않을
거야. 아르튀르, 난 걱정 안 해. 쟈닌 푸캉프레즈의 몸이 전율했다.
그것은 스무 살짜리 어린 정비공이 할 수 있는 가장 아름다운 사랑
의 선언이었기 때문이다.

갑자기 한기가 느껴져서 그녀는 불타는 듯 뜨거운 그들의 몸 위
로 이불을 끌어 올려 덮었다. 그녀는 사랑하는 기계공의 어깨에 그

녀의 아름다운 얼굴을 기대고 (세상에서 가장 아름다운 정원에 있는) 딸기 같은 입술로 그의 귀에 속삭였다. 그래, 아르튀르. 언젠가는 말이 당신의 도구가 되면 좋겠어. 그래, 조금 전에 그랬듯 언제까지나 당신이 내 가슴을 쓰다듬어 주면 좋겠어. 그래, 당신과 함께 그리-네 곳을 가 보고 싶어. 가서 사람들이 절벽에서 뛰어내려 끔찍하게도 동물의 먹이가 되지 않게 그들을 붙잡아 주고 싶어. 그래, 당신 어머니를 도와드리고, 돌봐드리고, 원하신다면 엘리자베스 테일러가 되어드리고도 싶어. 그래, 이제 나도 시그널 치약과 펜네 파스타, 천연 무향 화장지, 그리고 당신이 좋아하는 것이라면 모두 다 좋아할 거야. 그래, 셀린 디옹의 노래는 다 잊고, 에디트 피아프와 레지아니가 부른 노래를 모두 배울 거야, 아르튀르. 그래, 그래, 그래, 당신이 지금 내게 입 맞추면 좋겠어. 부디 '내 심장에까지 이르도록' 입 맞춰 주면 좋겠어.

밤이 되었다. 밖에서는 그림자가 모든 것을 집어삼키고 있었다. 짐승과 사람을, 그리고 모든 죄악을 삼키고 있었다.

아르튀르 드레퓌스의 자그마한 집 3층에 있는 유일한 침실, 서로 포개어진 육체에는 창백한 우아함이 있었다. 빌헬름 함메르쇼이 (1864-1916, 주로 실내의 모습을 많이 그린 그의 그림에서는 비현실적인 매력과 자석처럼 마음을 끄는 빛을 발견할 수 있는데, 아마도 애수라는 말을 가장 아름답게 정의하고 있는 듯하다. 여기서 문제가 되는 것이 바로 그 '애수'다.)의 그림에서 볼 수 있는 그런 빛이었다.

아르튀르 드레퓌스와 쟈닌 푸캉프레즈는 돌연 사랑을 깨닫고 있었다.

미친 듯 즐겁게 휘젓고 다니는 그들의 모습 속에는 더 이상 성적인 면은 찾아볼 수 없었다 — 그보다는 오히려 지그프리트 왕자를 꿈꾸던 그녀를 울린 차이코프스키의 발레를 닮아 있었다. 그리고 그녀가 바란 대로 아르튀르 드레퓌스가 입을 맞추자, 그녀의 심장까지 닿을 수 있었다.

두 사람은 서툴지만 우아하게 새로운 매 순간을 만끽했다. 새로운 순간은 이미 마지막 순간이 되어 버리기에 그들은 괴로워하면서도 모든 순간에 매료되었다.

그러므로 첫 경험은 모두 죄악이다.

그들은 그림자 속에서 서로를 바라보고 있었다. 그들의 눈이 반짝이며 말을 하고 있었다. 그들은 더 이상 말이 필요 없는 것들을 눈으로 이야기했다. 그들의 아름다움에 그들이 감탄했다. 그들의 연약함에 그들이 몸을 떨었다. 그들이 잃어버린 것 때문에 그들이 죽었다. 그리고 그들이 잃어버린 것은 이제 폭력이 되었다. 그게 다였고 단지 그것뿐이었다.

쟈닌 푸캉프레즈의 숨이 가빠지기 시작했고, 아르튀르 드레퓌스의 심장은 요동쳤다. 눈물이 땀과 뒤섞여 몸에서는 시고, 저속하고, 감미로우며, 달콤하고 또 머리를 아프게 하는 냄새가 났다. 그녀는 신음했고 그는 울부짖었다. 그리고 그들은 울었다. '파도. 자기야, 그건 파도 같은 거야.' 공중인의 격정적인 아내가 그렇게 노래했었다. 파도는 모든 것을 가져갔고, 모든 것을 찢어 버렸고, 모든 것을 망가뜨렸다. 그들의 마음속 감정과 최후의 망설임을 깨부순 것이다. 그러자 그들의 몸이 가볍게 떨리며 날아오르더니 침실 벽에 부딪혔다. 그들은 웃었다. 벌거벗은 살갗이 벗겨져 핏방울이 맺혔다. 그들은 이제 두렵지 않았다. 그들은 이제 사라질 수 있었다. 이미 죽어 보았기 때문이다. 남은 것은 모두 추억에 불과하리라. 이제 이 길은 단 한 번 만에 다시 오기는 불가능하다.

'애수.'

그들이 흠뻑 젖은 침대 위로 몸을 다시 던지자, 축축한 땀 때문에 오한이 들었고, 손가락이 짭짤한 추위에 얼어 움직임이 둔해지기 시작했다. 이때, 달콤하게 취한 상태로 사랑에 빠져 미소를 짓던 아르튀르 드레퓌스의 입에서 그만 그의 인생을 바꾼 한마디가 흘러나왔다.

- 사랑해, 스칼렛.

그 순간 쟈닌의 심장이 멈춰 버렸다.

아르튀르 드레퓌스는 그 경이로운 가슴 위에 평화로운 얼굴을 묻고 잠들어 있었다. 그의 예쁜 입은 어린아이의 미소를 그리고 있었다. 쟈닌 푸캉프레즈는 그의 머리카락과 이마, 너무나 부드러운 피부를 쓰다듬었다. 그녀는 깨어 있었다.

그녀는 이제부터 절대로 잠을 자지 못할 것 같았다. 더 이상 그녀는 울지 않았다. 이미 조금 전에 그녀의 눈에서는 강물을 이룰 만큼 눈물이 흘러넘쳤다. 사랑하는 남자가 잠들면서 가슴 위에 놓여 있는 그의 머리가 무거워지자, 금세 눈물이 봇물처럼 쏟아진 것이다. 눈물은 그녀의 꿈을 모두 휩쓸고 가 버렸다.

이제 그녀에게는 더 이상 꿈이 없었다.

'사랑해, 스칼렛.'

습지 저편에 있는 콩데-폴리 쪽에서 아침이 밝아왔다. 하늘에는 구름도 거의 없었고 바람도 불지 않았다. 아마도 화창한 하루가 될 것 같았다. 몇 번 안 되지만 루이-페르디낭 드레퓌스가 아들을 데리고 크루프 연못이나 플랑크 강으로 낚시 가던 날 아침의 날씨 같았다. 그때 그들은 낚시를 하며 남자들끼리 침묵의 시간을 보냈다. 쟈닌 푸캉프레즈는 슬프게 미소 짓고 있었다. 그녀는 그에게 동물을 좋아하는지 물어본다는 걸 깜빡했다. 왜냐하면 난 나중에 브르타뉴산의 작은 스패니얼 강아지를 키우고 싶거든. 스패니얼은 성질이 온순해. 영리하고 활발하고 순종적이지. 그리고 아이들을 좋아해. 난 앞으로 아이들을 갖고 싶거든. 아르튀르, 당신은 어때? 당신도 아이 좋아해? 전에 당신이 어린 소녀와 같이 있는 걸 내가 봤어. 꼬마 루이즈였지. 루이즈, 예쁜 이름이야. 우리 할머니 이름이기도 해. 내가 여섯 살밖에 안 되었을 때 돌아가셨지만 난 할머니를 잘 기억하고 있어. 할머니한테서는 나프탈렌 냄새가 났었어. 웃기지. 어느 날 할머니가 쓰시는 향수 이름이 뭐냐고 여쭤 봤었어. 할머니는 옷장 향수라고 하셨어. 옷장 향수라니, 엄청나지. 내가 할머니를 보러 갈 때마다, 할머니는 옷장 안에 있는 예쁜 원피스들 중 하나를 꺼내 입으셨어. 오직 나만을 위해서, 나한테 예쁘게 보이려고 그러셨지. 와, 할머니 정말 예뻐요! 그러면 할머니는 이렇게 말씀하셨어. 아냐, 아냐, 너야말로 세상에서 제일 예쁜 아가씨가 될 거란다. 난 웃으며 말했어. 할머니, 왜 그러세요? 그러자 할머니는 입을 일그러뜨리고 얼굴을 찌푸리시며 말씀하셨어. 쟈닌, 웃지 말거라. 세상에서 제일 예쁜 아가씨가 되는 것은 일어날 수 있는 일 중에서 가장 나쁜 일이란다.

쟈닌 푸캉프레즈가 갑자기 눈을 감더니 마치 혼잣말을 하듯 중얼거렸다. 알아요, 할머니.

- 사람들을 불행하게 만들거든요.

그녀는 다시 눈을 떴다. 아르튀르, 그 어린 소녀와 함께 있는 당신을 봤어. 그리고 난 당신의 눈길을, 나를 바라보는 당신의 눈길을 원했어. 그리고 지난 엿새 동안 당신은 매순간, 1분 1초마다 내게 눈길을 주었어. 고마워. 당신 덕분에 나는 태어나서 처음으로 나 자신을 나라고 느낄 수 있었어. 참 행복했고 살아 있는 것을 느낄 수 있었어. 그리고 당신의 눈에 내가 내 본모습대로 보인다고 느꼈어. 완전히 나만의 본래 모습 그대로 말이야. 모든 것이 그렇게 간단했어. 아니, 간단해지려고 했어. 하지만 지금은 너무 괴롭고 슬퍼.

아르튀르, 난 쟈닌이야. 스칼렛이 아니야.

아주 조심스럽게 그녀는 잠들어 있는 연인의 머리를 한 손으로 받쳐 들고 다른 손으로는 그 아래에 베개를 밀어 넣었다. 그녀는 애수 어린 침대를 떠나 삐거덕거리는 층계는 피해 가며 아무 소리도 내지 않고 부엌으로 내려갔다. 장차 노란색으로 바뀔 예정이었던 부엌이다.

그녀는 테이블 위의 서비스용 차량의 열쇠를 챙겨 떠났다.

바깥에 나오니 신선한 공기가 그녀를 할퀴었다.

그녀는 혼다 시빅의 운전대 앞에 자리를 잡았다. 언제던가 그녀에게 어울리는 자리는 운전석이 아닌 조수석이라고 말했던 운전면허 시험관이 잠시 생각났다. 당시 그 자리에서는 그 모욕적인 말이 무슨 뜻인지 알아듣지 못했다. 그녀는 조용히 시동을 걸었다. 1단 기어를 넣으면서, 지난번에 자신의 손을 감싸던 아르튀르 드레퓌스의 손을 떠올리며 살짝 몸을 떨었다.

폭이 좁은 D32번 도로에는 개미 한 마리도 없었다. 아이-르-오-클로셰 마을을 뒤로 한 채 롱으로 내려갔다. 마을의 중심지, PP 정비소, 그랑 프레 캠핑장.

문득 그녀는 커다란 슬픔은 이토록 고요하다는 것을 느꼈다.

그녀가 가속페달을 밟았다. 이제 더 이상 무섭지 않다. 3단 기어, 4단. 이른바 아라포탕스, 오뷔케라고 하는 곳을 시속 90킬로미터 넘는 속도로 달려 지나갔다. 그녀는 웃었다. 마치 자동차가 날고 있는 것 같았다. 그만큼 그녀에게는 자신의 몸이 가볍게 느껴졌다. 그녀는 거의 행복했다. 첫 번째 집들이 저 멀리 보였다. 그쪽 너머에는 아르튀르가 침묵 속에서 성장했던 늪지대가 있다. 그녀의 얼굴에 미소가 떠올랐다. 말없는 아버지 옆에서 불법낚시를 하는 날 밤, 잉어 낚시를 위해 낚싯바늘에 밀로 만든 떡밥을 끼우는 그의 모습이 그려졌다. 그 밤들이 지나 그는 한 남자가 되어 어느 날 그녀에게로 왔다. 그런데 이제는 그 밤들을 모두 잃고 말았다. 그녀가 잡고 있던 핸들이 떨렸다. 속도계의 바늘이 115를 가리키고 있었다. 그곳에는 노트르담-드-루르드 소성당이 있었다. 가파른 내리막길인 D32번 도로와 카베 로가 Y자 모양으로 만나는 곳에 가면 이 소성당이 나타난다. 두 사람이 함께한 인생의 사흘째 되는 날 저녁에 그들은 그곳을 지나갔다. 그때 그녀가 추워했지만, 그때만 해도 그는 감히 그녀를 따뜻하게 안아 줄 생각도 하지 못했다. 감히 마음을 뒤흔들고 넋을 빼는 남자다운 말을 할 엄두도 낼 수 없었다.

그날 저녁, 만약 그가 물었더라면 그녀의 대답은 예스였을 것이다. 그녀는 좋다고 말하고 또 말했을 것이다.

좋아, 아르튀르.

갑자기 그 소성당이 눈앞에 나타났다. 그녀는 가속페달을 더 세게 밟았다. 차는 거의 시속 120킬로미터의 속도로 소성당의 좁은 파란색 문에 부딪혀 박혔다. 그 모습이 마치 안으로 들어가려 하는 것처럼 보였다. 아르튀르, 좋아. 당신에게 좋다고 하는 거야. 소성당의 벽돌 벽이 충격을 견뎌서 차는 그 자리에서 멈췄다. 차 안에서 쟈닌 푸캉프레즈의 몸이 앞으로 튕겨 나왔으나 에어백은 터지지 않았다. 그녀의 아름다운 얼굴이 앞유리창에 부딪치면서 산산조각이 난 유리창을 관통했다. 날카로운 유리조각의 날에 장밋빛 피부가 찢어지고, 한쪽 눈과 귀가 떨어져나가고, 딸기 같은 입술이 베이고, 한순간에 사방이 끈적끈적한 자줏빛으로, 무시무시한 붉은빛으로 변했다. 그녀의 멋진 가슴은 운전대에 부딪혀 터져 버렸고, 갈비뼈는 박살이 나서 부스러졌다. 짓눌린 심장은 그래도 약하게 계속 뛰었다. 다리는 계기판 밑으로 끼어들어온 엔진에 희미하고 끔직한 소리를 내며 으스러졌다. 화가 프랜시스 베이컨의 그림 같은 맨드라미꽃 빛깔의 곤죽이 펼쳐졌다. 워낙 비인간적인 고통이 엄습한 탓에 쟈닌 푸캉프레즈는 아픔을 느끼지 못했거나 아니면 이 극심한 공포를 표현할 마땅한 말을 찾지 못한 모양이었다. 그녀는 자신의 마음을, 자신의 영혼을 토해 냈다.

그녀의 숨이 끊어지기까지 몇 분이라는 시간이 길게 흘렀다. 흉측한 모습으로 마지막 숨을 가빠 쉴 때 그녀는 다시 울고 있었다.

아르튀르, 난 스칼렛이 아니라 쟈닌이야.

아르튀르 드레퓌스는 행복한 상태로 잠에서 깼다. 그는 손을 더 듬어 쟈닌 푸캉프레즈의 몸과 온기를 찾았다. 하지만 시트는 이미 차가웠다.

집안에서는 아무 소리도 들리지 않았다. 집 밖도 마찬가지였다.

이 시간에 문을 여는 곳은 (D32번 도로를 타고 4.5킬로미터를 가면 나오는) 아이-르-오-클로셰 마을에 있는 빵집밖에 없다. 바람이 심하게 부는 날이면, 때때로 크루아상과 우유빵, 다갈색 조청을 바른 브리오슈의 향기가 이곳까지 바람을 타고 와서 집 문틈으로 들어와 잠꾸러기들이 침을 흘리게 만들었다.

아르튀르 드레퓌스는 침대에서 껑충 뛰어내렸다. 그는 그녀가 두 층 아래에 있는 언젠가 노란색으로 탈바꿈할 부엌에 있을 거라고 짐작했다. 그의 얼굴에 미소가 떠올랐다. 그녀는 커피를 준비하고 있을 것이다. 치아파스의 마라고지페 커피. 그는 그녀에게로 가서 그녀를 품에 안고 사랑해, 쟈닌이라고 말하고 다시 사랑을 나눈 후 그녀와 함께 달콤한 과일향이 나는 커피를 음미하고 싶었다. 그는 그녀가 동물을 좋아하는지도 묻고 싶었다. 앞으로 작은 강아지를 키운다면 반대하지 않을 생각이었다. 낚시할 때 좋은 스패니얼 종류면 좋겠다. 그는 그녀에게 떡밥 낚시와 플라이 낚시, 그리고 죽은 물고기를 미끼로 쓰는 낚시도 가르쳐 줄 생각이었다. 실종된 밀렵꾼 아버지가 남긴 모든 유산을 그녀에게 물려줄 생각이었다. 그는 옷을 다 입고 아래층으로 내려갔다. 쟈닌? 그는 자신이 세상에서 가장 행복한 남자라고 생각했다. 그는 엘리자베스 테일러와 함께 어머니를 보러 병원에 가야겠다고 혼잣말을 했다. 이번에는 어머니 앞에서 훌륭하게 말할 거라고도 했다. 엄마, 내가 원하는 사람이 바로 그녀예요. 나는 쟈닌과 함께 있어야 살아갈 수 있어요. 그래야 나한테 없는 말들이 무엇인지 깨달을 수 있어요. 그래야 아빠를 더 이상 붙잡지 않고 날려 보낼 수 있어요. 스칼렛 이야기는 이제 절대로 하지 않을 거예요. 그는 삐거덕거리는 층계들을 건너뛰고 내려갔다. 그들은 도서관 사서 이모님도 만나러 갈 것이다. 그러면 그녀는 이모님에게 '친구'가 애인이 되었다고 말할 것이다. 미끄러지지 말고, 특히 넘어지지 말고, 머리를 다치지 말자. 그저 부엌에 있는 그녀에게 다가가서 그녀가 놀라지 않게 꼭 끌어안는 거다. 그런데 아무 소리도 들려오지 않았고, 커피 냄새도 나지 않았다. 2층 층계참까지 내려왔지만 침묵만 흐를 뿐이었다. 쟈닌? 그는 생쥐처럼 찍찍 소리를 내는 8번 층계를 피해서 계속 내려갔다. 혹시 그녀가 소파에서 잠들어 있으면 깨우지 말자. 하지만 그녀는 거기 없었다. 그럼 빵과 크루아상을 사러 간 것이 분명하다. 그는 미소를 지었다. 그녀는 아름답다. 벌써 그녀가 보고 싶다. 그는 가볍게 몸을 떨었다. 그리고 커피와 물을 끓일 냄비를 꺼냈다. 그는 그녀에게 폴랭의 시를 읽어 줄 생각이었다. '한 줄기 연기와/날아가는 종이 한 장을 보네/오직 사람만이 지속되는 시간을 느끼게 되어 있다네.'* 그는 이제부터 자신 안에서 말이 자라게 할 것이다. 그러면 그녀는 다 자란 말들을 꺾을 수 있겠지. 그는 안다. 말은 들판과 같아서, 바람이 말을 뒤섞어 놓으면 세상을 바꿀 수 있다고.

커피가 준비되었다.

부엌의 공기가 그윽하게 달콤하고 여성적이었다. 그는 지금 그녀가 여기 있으면 좋겠다. 그녀가 없는 시간이 길게 느껴졌다. 그는 그들의 인생을 시작하고 싶었다. 노트르담-드-루르드 소성당에 다시 가고 싶었다. 이번에는 대담하게 행동할 생각이었다. 부드러우면서도 예상할 수 없게. 아, 그녀가 왔다! 그녀가 현관문을 두드린다. 그는 뛰쳐나가 문을 열었다. PP 사장이 서 있었다. 도저히 알아볼 수 없을 만큼 비참한 모습에, 눈은 빨갛게 충혈된 채 반짝이고, 시커먼 손은 떨고 있었다. PP 사장의 눈에서 갑자기 눈물이 솟구쳤는데 다시는 마르지 않을 것만 같았다. 다 터 버린 그의 입술은 꿰매져 있기라도 하듯 서로 딱 붙어 있었다. 그 입술은 모든 것을 다 끝내고, 세상에 종지부를 찍을 말을 지금 참고 있었다. 아르튀르 드 레퓌스는 절규할 것이다. PP 사장은 그를 으스러지게 품에 꼭 안으며, 그의 고통을 억눌러 자신 안으로 빨아들였다.

---

* 「부재」, 『영토』, 장 폴랭, 갈리마르, 1953.

6

우리는 타인의 부족한 한 조각이다

화창한 날씨다. 정원은 여전히 푸른빛이다. 쟈닌 푸캉프레즈가 테이블에 앉아 있다. 테이블 위에는 과일 접시와 포도주 두 잔이 놓여 있다. 그녀는 진한 금발을 하고 있다. 그녀가 입고 있는 도톰한 짙은 밤색 셔츠는 그녀의 멋들어진 가슴이 시작되는 부분에서 하트 모양이 되도록 단추가 풀려 있다. 그녀 옆에서 하비에르 바르뎀*이 온통 유화 물감으로 얼룩진 옷을 입고 그녀에게 커피를 따라 주다가 조금 쏟고 만다. 그가 미안하다고 하자 그녀는 미소 지으며 말한다. 괜찮아요, 아, 아뇨, 설탕은 안 넣어요. 고마워요. 쟈닌 푸캉프레즈는 커피에 설탕을 넣지 않는다. 두 사람은 아름답다. 테이블 반대편에서는 검은 눈동자에 검은 머리카락, 검은 영혼을 지

* 스페인 배우, 〈노인을 위한 나라는 없다〉에 등장해 전 세계적으로 유명해졌다.

닌 페넬로페 크루즈가 그들을 보고 있다. 그녀는 담배를 피우면서 왼손 검지로는 왼쪽 관자놀이를 문지른다. 아마 담배를 너무 많이 피웠나 보다. 세 사람 사이에 긴장이 팽팽하게 느껴진다. 욕망도, 매혹도 느껴진다. 그러자 하비에르 바르뎀이 들로 산책을 나가자고 한다. 페넬로페 크루즈가 한마디로 거절한다. "비가 올 게 뻔해." 그녀가 하비에르 바르뎀에게 스페인어로 이야기해서 쟈닌 푸캉프레즈는 무슨 말이지 알아듣지 못한다. 그래서 조금 모욕감도 느끼고 상처를 받는다. 하비에르 바르뎀이 페넬로페 크루즈에게 영어로 말하라고 한다. 스페인어를 배우지 않았나요? 그녀가 쟈닌 푸캉프레즈에게 묻는다. 아뇨. 전 중국어를 배웠어요. 중국어가 듣기에 좋았거든요. 그럼 중국어로 말해 보세요. 히하마. 쟈닌 푸캉프레즈가 중국어로 말했다. (어쨌든 아르튀르 드레퓌스의 귀에는 그렇게 들렸다. 중국어 발음을 옮겨 적는 것은 어려운 일이다.) 그런데 이 말이 듣기 좋다고요? 페넬로페 크루즈가 잔인하게 묻는다. 쟈닌 푸캉프레즈는 쓰러질 것 같다. 그녀는 포기하고 달아나고 싶은 마음이다. 서서히 징후가 보이기 시작하는 격동과 비극으로부터 벌써 멀리 달아나고 싶은 것이 분명하다. 하지만 페넬로페 크루즈가 가장 먼저 자리에서 일어서더니 새 담배에 불을 붙인다. 뒤이어 하비에르 바르뎀이 그녀를 따라한다. 두 사람은 모두 화가다. 육체적이고 폭력적인 그림을 그리는. 그들 사이의 관계는 파괴할 수 없다. 그건 불가능하다. 쟈닌 푸캉프레즈는 어두움에, 망령에 두 사람의 저항할 수 없으리라는 것을 느낀다. 죽음, 섹스, 속죄, 상실에 대한 그들의 욕망에 저항할 수 없음을 안다. 자, 그들이 서로 욕하며 싸운다. 당신이 내 걸다 훔쳐 갔어! 페넬로페 크루즈가 외친다. 당신한테서 훔친 건 아무것도 없어. 하비에르 바르뎀이 항변한다. 아마, 아마도, 내가 당신한테서 영향을 받은 모양이야. 두 사람의 언성이 높아진다. 그들은 어느 날 서로를 죽일 뻔했다고 한다. 그때 한 사람은 의자를 던졌고 다른 사람은 면도칼을 휘둘렀다. 그건 질투 때문이었어! 페넬로페 크루즈가 소리친다. 당신이 날 배신했잖아! 당신은 아고스티노의 와이프랑 눈으로 바람을 피웠어! 그러자 하비에르 바르뎀도 소리 지른다. 그 두 사람 사이에서 망연자실해 있는 쟈닌 푸캉프레즈가 갑자기 너무나 여려 보인다. 아르튀르 드레퓌스의 눈에 눈물이 고인다. 그는 당장 저 정원 속으로 뛰어 들어가서 그들에게 닥치라고 하고 싶었다. 칼라오스, 칼라오스!!* 그리고 쟈닌을 품에 안고서 예전처럼 두 사람의 심장이 같은 리듬으로 뛸 때까지 꼭 끌어안고 싶었다. 예전처럼 말이다.

하지만 현실은 〈카이로의 붉은 장미〉**와는 다르다. 그는 영화 〈내 남자의 아내도 좋아〉 속으로 들어갈 수도 나올 수도 없다. 그래서 그는 '정지' 버튼을 눌렀다.

곧이어 검은 외로움이 그를 집어삼켰다.

---

* '닥쳐, 조용히 해'라는 뜻의 스페인어.
** 우디 앨런 감독의 영화로, 주인공이 영화와 현실 세계를 오간다.

경찰 다음으로 연락을 받은 사람은 PP 사장이었다. 으스러진 혼다에 '페이앵 정비소 서비스용 차량'이라는 스티커가 붙어 있었고, 소방관들이 차 안에서는 사망자의 신원을 확인할 수 있는 단서를 아무것도 발견하지 못했기 때문이다.

소방관 중 한 명이 그녀의 머리카락이 아름답다며 울었다.

그런 다음 라포탕스에 이르는 지점까지 이 좁은 지방도로의 교통이 통제되었다. 그 후 사람들이 하나둘씩 도착했다. 미사를 보러 가듯 모두 무거운 발걸음이었다. 미용사 크리스티안 플랑샤르와 샴푸 담당, 염색 담당이 창백한 얼굴로 함께 팔짱을 끼고 왔고, 네필 시장과 티리아르 선생님(프랑스 혁명당원 모자 스타일로 이상하게 생긴 거의 형광색에 가까울 정도로 강렬한 빨간색 모자를 쓰고 왔는데, 덕분에 학살당한 앞머리가 잘 가려졌다), 지역신문의 리고댕 기자(화장하지 않은 민낯으로 왔는데, 이 모습이 충격적이긴 했지만 신기하게도 훨씬 인간적으로 보였다), 데데 라프리트의 여종업원 엘로이즈와 다부진 체격의 트럭 운전사 애인도 왔다. 여종업원의 손목에 새로 새긴 문신으로 보아 트럭 운전사의 이름은 필립인 것 같았다. 과거에 영화배우 지망생이었던 발레리(그녀의 볼에는 베갯잇의 주름 자국이 아직도 선명히 남아 있었다)와 5중 분사 샤워헤드 마니아이자 PP 사장의 아내인 쥘리도 왔다. 공증인의 아내 를리에브르몽 부인도 그 자리에 함께했다. 살색 실내복 차림이었는데 깊이 파여 있어 가끔씩 부인의 슬픈 가슴이 드러나기도 했다. 발에는 실내화를 신고 있었고, 머리는 롤을 말아서 그 위에 스카프를 둘렀는데, 그 모습이 갑자기 100세 노인이라도 된 듯 보였다. 현장에는 벨기에에서 온 부부도 있었다. 이들은 미국 여배우와 사진을 찍겠다는 생각으로 옷차림에 신경을 쓰고 온 것 같았다. 아무도 이들 부부에게 관심을 두지 않았다. 어떤 상황인지 전혀 모르는 그들은 난장판이 된 현장과 고통스러워 하며 눈물 흘리는 사람들의 모습을 열심히 사진으로 찍었다. 이들은 이 현장의 주인공이 그 유명한 미국 여배우 스칼렛 요한슨이 맞는지, 이게 전부 다 영화의 한 장면인지, 스턴트 장면인지, 사고가 난 장면인지, 눈속임인지 계속 묻고 다녔다. 또 영화 촬영인데 믿을 수 없을 만큼 현실적이라고 감탄하면서, 카메라는 어디에 있는지, 지금 울고 절규하고 있는 저 젊은 남자 배우는 누구냐고 물었다. 사람들은 그 젊은 배우가 박살나 버린 자동차에 가까이 가지 못하도록, 지면에서 기름과 섞여 거울처럼 빛을 반사하는 흥건한 피 웅덩이에 뛰어들지 못하도록 막고 있었다. 죽고 싶어 안달이 난 것처럼 보이는 그를 진 해크만과 엄청나게 닮은 정비공이 거대한 기름때투성이 손으로 붙잡고 있었다. 그 외에도 성당의 주임신부님과 함께 정육점 겸 식료품점의 토늘리에 사장도 와 있었다. 그는 커피와 참치 아크라*, 에멘탈 치즈로 만든 알뤼메트 케이크, 잠두 파이, 막대에 끼운 올리브, 파슬리 페스토 소스를 올린 건빵 같은 핑거푸드를 가져왔

---

* 서인도제도에서 유래한 참치볼 튀김.

다. (원래는 나중에 낮에 성에서 거행될 결혼식을 위해 주문받아 준비한 음식이었지만, 일이 이렇게 되자 요리 예술가 토늘리에 사장은 침을 튀겨 가며 이렇게 소리쳤다. 상관없어, 상관없어. 이런 핑거푸드가 필요한 곳은 불행이 있는 곳, 불행이 있는 곳이지, 행복이 있는 곳이 아니야!) 그리고 오전 늦게 도서관 사서 이모와 집배원 이모부가 도착했다. 이들은 눈이 폭발한 것처럼 땡땡 부어 있었고 보기에도 끔찍한 슬픔에 잠겨 있었다. 그리고 현장에는 온통 절규와 눈물, 비애, 두려움이 난무했다.

혼자서 차를 몰던 젊은 여성 '스타'
하늘로 가득 찬 커브 길에서
차가 전복되었네.
털털거리는 엔진 근처에서
두꺼비 같은 못난이가 그녀와 함께 죽네.*

나중에 그는 〈내 남자의 아내도 좋아〉를 다 본 다음, 그녀가 출연한 영화를 순서대로 볼 생각이다. 그렇게 해서 그녀가 성장해 가는 모습을 볼 생각이다. 그녀가 나이 들어 가는 모습을 볼 작정이다. 그러면 그녀의 영화는 그들의 사진첩이 되는 셈이다.
이제 그는 그녀를 떠나지 않을 것이다.

---

* 「죽어가는 젊은 스타의 풍경」, 『시간 사용 설명서』, 장 폴랭, 갈리마르, 1943.

클라리넷 연주를 즐기는 뉴요커 우디 앨런 감독의 영화에 이어서 볼 영화는 프랭크 밀러 감독의 2008년 영화 〈스피릿〉이다. 여기서 쟈닌 푸캉프레즈는 악당 옥토퍼스의 비서이자 공모자인 팜프파탈 실켄 플로스 역으로 나온다. 이 영화를 열 번이고 백 번이고 봐서 신물이 나게 되면 켄 콰피스 감독의 2009년 영화 〈그는 당신에게 반하지 않았다〉를 볼 계획이다. 이 영화에서 쟈닌 푸캉프레즈가 맡은 역할은 브래들리 쿠퍼와 잠시 사귀는 (언제나 그렇듯) 예쁜 금발 아가씨 안나다.

그다음에는, 그가 흰색 러닝셔츠에 스머프 그림이 그려진 박스형 팬티를 입고 있던 어느 날 저녁, 그녀가 그의 집 초인종을 눌렀던 날, 그때 그 나이의 모습을 볼 수 있는 영화를 볼 것이다. 존 파브로 감독이 연출한 〈아이언맨 2〉에서 뇌쇄적인 빨강머리에 몸에 딱 달라붙는 검은색 슈트를 입고 등장하는 나타샤 로마노프, 일명 블랙 위도우를 볼 생각이다.

쟈닌 푸캉프레즈가 맷 데이먼과 함께 나오는 카메론 크로우 감독의 〈우리는 동물원을 샀다〉, 블랙 위도우 역할로 다시 나오는 조스 웨던 감독의 〈어벤져스〉, 쟈닌이 쟈넷 리 역을 연기하는 사차 제바시 감독의 〈히치콕〉을 보기 전에, 아르튀르 드레퓌스는 그녀의 음반(톰 웨이츠의 곡을 리메이크한) 〈내가 머리를 뉘는 곳 어디나 (Anywhere I Lay My Head)〉나 피트 욘과 듀엣으로 녹음한 앨범 〈브레이크 업(Break Up)〉을 무한반복해서 들었다.

그러는 내내 그는 울었다.

집을 팔려고 내놓았지만, 부동산 중개소의 젊은 중개사는 그다지 낙관적인 반응이 아니었다. 아시다시피 요새 경제난이 심각해서요. 부동산 투기, 거품이 다 꺼지고 사람들은 파산하고 있어요. 게다가 선생님이 내놓으신 집은 너무 작아서 제 생각에는 아무리 작은 가족이라 해도 거기서 산다는 게 상상이 가지 않네요. 아니면 난쟁이 가족이라면 모를까……. 아, 이거 죄송합니다. 지금 농담할 때가 아닌데요. 그리고 신혼부부들도 집을 사겠다고 나서지 않을 거예요. 이런 말씀은 드리지 않으려고 했습니다만, 그 집에서 무슨 일이 있었는지는 다 아는 사실이라서요. 하지만 아르튀르 드레퓌스는 단호했다. 값은 얼마를 쳐 주더라도 상관없어요. 그냥 돈만 받으면 돼요. 난 떠나야 하거든요. 이해하시죠? 네, 이해합니다. 최선을 다해 보겠습니다. 하지만 쉽지는 않을 겁니다.

몇 달 후 마침내 집이 팔리자 (시세의 삼분의 일 가격으로 팔렸지만 그건 중요하지 않았다) 아르튀르 드레퓌스는 마지막으로 아브빌 병원을 찾았다.

의사의 말에 따르면, 테레즈 르카르도넬 환자는 지난번 그들이 병문안하고 얼마 지나지 않아 전신성 간질로 인해 코마에 빠졌다고 한다. 그녀는 심한 혼수상태에 있으며, 더 이상 통증자극반응을 보이지 않고, 뇌파도 어떤 외부자극에 대해서도 반응성이 없는 확

산성 델타파를 보이고 있었다. 그녀는 코마 4기에 근접한 상태라고 했다. 코마 4기가 뭔가요? 아르튀르 드레퓌스가 물었다. 끝입니다. 젊은 의사가 대답했다. 그게 끝입니다. 어머니께서는 여기 계시긴 하지만 이제 여기 계시지 않은 것과 마찬가지입니다.

어머니의 눈꺼풀은 먼지로 되어 있는 것처럼 보였다. 너덜너덜한 팔은 병원내 감염으로 인해 결국 절단되고 말았다. 아르튀르 드레퓌스는 이제 그녀가 절대로 그를 품에 안을 수 없겠다고 생각했다. 앞으로 언젠가 어머니와 여동생 느와이야, '지극한 아름다움'을 결국 다시 만나게 되면 여동생보다 그를 더 많이 안아 줄 일은 없게 되는 것이다.

의사가 병실을 나가며 말했다. 필요한 게 있으시면 여기를 눌러주세요. 제가 근처에 있겠습니다. 아르튀르 드레퓌스는 어깨를 한 번 으쓱했다. 그래요, 필요한 게 있어요. 난 그녀가 필요해요. 엄마, 난 엄마가 필요해요. 아빠, 느와이야, 쟈넌이 필요해요. 그는 쟈넌의 이름을 말하면서 슬픈 미소를 지었다. 그동안 그는 한 번도 그녀의 이름을 입에 올리지 않았다. 쟈넌. 엄마, 쟈넌이 엘리자베스 테일러였어요. 예뻐서 엄마가 좋아했죠. 그녀 덕분에 잠시나마 개 생각을 잊어버릴 수 있어서 좋아했죠. 그는 하나밖에 남지 않은 얼음장 같은 그녀의 손을 잡았다. 손에서 전해지는 차가움 때문에 그의 몸이 떨렸다. 그녀와 같이 있으면 엄마는 더이상 겁에 질려 있지 않았어요. 미소도 지었죠. 그는 자리에 앉아서 어머니의 빈 몸을 바라보았다. 그를 잉태하고 출산한 어머니의 텅 빈 몸. 이렇게 호리호리한 몸에서, 그림자와 같은 몸에서 한 남자가 나올 수 있었다니 믿겨지지가 않았다. 이제 어머니는 그림자가 되었고 그는 남자가 되었다.

그는 알고 있었다. 만물의 질서를 깨뜨리고 사람을 늙게 만드는 것은 폭력과 은총이었다. 쟈닌 푸캉프레즈와 함께했던 6일간의 삶은 전쟁만큼이나 그의 인생을 뒤흔들어놓았다. 그 전쟁은 생존자들을 광기 혹은 어마어마한 인간적인 애정 속에서 또 다른 사람으로 만들어 버렸고 결국 비극으로 끝나고 말았다. 엄마, 그녀가 떠났어요. 아주 먼 곳, 미국으로 갔어요. 그는 어머니에게 쟈닌이 배우가 되기를 꿈꾸었다고 이야기했다. 그리고 쟈닌를 위해 브리짓 바르도가 출연했던 영화에 나오는 유명한 한 장면을 재연했다고 말했다.* 이제 그는 더 이상 울지 않았다. 브리짓 바르도와 미셸 피콜리. 아르튀르 드레퓌스는 쟈닌 푸캉프레즈와 장난스럽게 나누었던 대화에 대해 이야기했다. 그리고 미소 지었다. 그러나 애수는 결코 그리 멀지 않은 곳에 있었다. 그는 어머니의 발치에서 새로운 말, 새로운 말의 조합을 들려주었다. 이렇게 그는 말의 외투를 벗었다.

사람들은 그녀의 살을 취하고 싶어 했지.

---

* 브리짓 바르도와 미셸 피콜리 주연의 영화 〈경멸 Le Mepris〉에서는 자동차 사고로 부부가 죽는다.

그녀는 마음을 주고 싶어 했지.

쟈닌이 꺾어야 했던 꽃, 그 꽃이 자라고 있었네.

난 그녀의 진실을 사랑했네.

우리 마음

깊은 곳에 있는

여린 연약함을.

그녀의 영혼의 색깔을 떠올리면

자기 자신에게 하는

거짓말이

사랑을 멈춘다네.

엄마, 그녀는 내가 그녀에게서 그녀 자신을 보기를 원했어요. 그녀는 내게 자신의 마음을 보여 주었어요. 그녀의 마음은 멋지고 슬펐어요. 난 슬픔 안에는 아름다운 무언가가 있다고 생각해요.

그는 자신의 입에서 말이 그냥 흘러나오도록 내버려 두었다. 이렇게 흘러나오는 말은 부재와 고통, 어린 시절을 씻어 내는 부드러운 강물과 같았다. 그는 자신의 입에서 나오는 말을 듣고 있었다.

이제 그는 우리가 결코 우리가 가진 무언가 때문에 사랑받는 것이 아니라, 다른 사람의 부족한 부분을 채워 주기 때문에 사랑받는 것임을 깨달았다. 우리는 타인의 부족한 한 조각인 것이다. 쟈닌은 사진 사건 이후 그녀의 어머니한테서 버림받았다. 아르튀르는 아버지가 밀렵을 나서던 어느 날 아침 아무 이유 없이 아버지로부터 버림받았다. 그는 용서를 구해야 할 잘못도 저지르지 않았는데 아무 설명 없이 벌을 받는 것으로도 사람이 죽을 수 있다는 것을 알았다. 우리는 길을 잃었다. 어머니도 파멸을 선택함으로써 그들 모두를 버렸다. 그는 어머니를 바라보았다. 어머니의 굳어 버린 미소가 충격적이고 추하다고 생각했다. 그는 느와이야가 살아 있었던 시절에 어머니가 하던 입맞춤을 기억했다. 그리고 그 이후에는 더 이상 입맞춤이 없었다. 어머니의 이 입은 더 이상 한 번도 입을 맞추지 않았다. 오직 깨물기만 했을 뿐이다. 그의 손으로도 어머니의 손은 따뜻하게 데워지지 않았다. 비록 기계에서는 미약한 소리가 들리기는 하지만, 어쩌면 어머니는 이미 죽었는지도 모른다. 기계라고 다 아는 것은 아니기 때문이다. 가끔은 기계가 거짓말을 하기도 한다. '난 그녀의 아름다움을 사랑했네/그녀의 몸을 떠나서'. 엄마, 그녀가 보고 싶어요. 그녀는 내게 남은 유일한 살아 있는 사람이었어요. 우리는 서로를 구원하고 있었어요. 그는 다시 한번 그녀가 멀리 있다고 말했다. 지금은 미국에 있다고 했다. 왜냐하면 여기는 여배우한테는 힘든 곳이기 때문이라고. 당신이 평범하더라도. 당신이 탁월하더라도. 화가가 그리고 싶어 할 육체를 가졌다 하더라도. 우표에서 본 당신이 좋아했던 화가 보티첼리 같은 그런 화가가 원하는 몸이더라도. 비록 당신이 남자의, 모든 남자들의 욕망을 일깨우더라도 말이다.

그는 추위로 손이 뻣뻣해지자, 어머니에게 집도 팔았고 이제 이 땅을 떠날 것이라고 말했다. 월요일에 떠나기 때문에 지난주에 PP 정비소를 그만뒀다고도 했다. 이번 월요일이었다. 그는 파리-샤를-드골 공항에서 비행기를 탈 예정이었다. 뭐, 괜찮을 거다. 물론 완전히 자신할 수는 없었다. 그래도 고소공포증, 무한공포증, 날개가 없는 것에 대한 공포증을 가라앉혀 주는 약이 있다는 말은 들었다. 이번이 그의 첫 비행이 될 예정이었다. 그는 창가 좌석을 달라고 했다. 그래야 느와이야와 아버지가 새들의 벚나무에 앉아 있는 것을 볼 수 있기 때문이다. 우리는 서로에게 크게 손을 흔들고, 서로 키스를 날릴 거야. 그러면 우리는 다시 한 가족이 될 거야. 그는 어머니의 영혼이 이미 그 나무에 도달했는지 궁금했다. 아마도 그랬을 것이라고 그는 생각했다. 그는 우리는 언제나 자신이 죄를 지었던 곳으로 되돌아간다고 생각했다. 그는 얼음장 같은 손을 살며시 내려놓았다. 또 한 번의 첫 이별이었다. 그는 미소 지었다. 미국이 크고 어마어마하다는 것, 나도 알아요. 프랑스의 열네 배라고 책에서 읽었어요. 그래도 난 그녀를 찾을 거예요.

그는 그녀가 뉴욕이나 로스앤젤레스에 있다고 추정했다. (오클라호마 주에 있는) 카투사에 조용히 틀어박혀서 커리어를 쌓을 수는 없는 법이었다. 그는 인터넷에서 그녀의 매니저인 스콧 램버트의 주소를 찾아냈다. 그의 전화번호까지 손에 넣었다. 310-859-4000. 엄마, 그녀를 찾을 거예요. 난 그녀를 사랑하거든요. 그가 앞으로 함께 살아가고 싶은 사람이 바로 그녀다. 그는 그녀와 함께 예쁜 딸도 낳고, 스패니얼 강아지도 키우고, 낚시하러 가고, 학교를 다시 다니거나 아니면 두 사람만의, 아니 딸아이까지 해서 세 사람만의 꿈을 이루고 싶었다. 그녀가 미국으로 간 이후로 그는 또다시 배에 통증을 느끼고 있었다. 엄마, 아시죠? 아빠가 우리 곁을 떠났을 때처럼 부스럼이 나고 염증이 생겼어요. 그래서 요즘 편치 못해요. 잠도 잘 못 자고요.

그는 우리가 원치 않았는데도 가끔 저지르게 되는 죄악에 대해 생각했다. 이제 그는 누군가를 사랑하는 것이 그 사람을 죽일 수도 있다는 것을 알았다. 끔찍한 일이다. 그는 폴랭의 시 한 구절을 빌려 살인자로서 첫마디를 내뱉었다. '기만적인 순간, 마을과 강물, 작은 골짜기는 의미를 잃는다네./새와 나뭇잎은 존재에 몸을 떤다네.'* 그는 오래 전부터 이 구절이 공포와 상실에 대해 이야기하고 있다고 짐작했다. 바로 그 자신의 이야기라고, 겨우 균형을 잡고 있는 그의 존재 전체에 대해 이야기하고 있다고 생각했다. 엄마, 난 그녀가 쟈닌이 아니라는 걸 잘 알아요. 그는 그녀를 찾으면 다 설명할 작정이었다. 다 얘기하면 그녀는 이해해 줄 것이다. 확실하다. 그녀를 만나면 말하려고 그는 영어 문장을 몇 개 외웠다. *저는 자동차 정비공인데요, 일거리가 있을까요? I'm a mechanician, do*

---

* 『그 순간』, 장 폴랭, 갈리마르, 1957.

you have a job for me? 그리고 한 문장 더. *You resemble someone I prodigiously, prodigiously loved.* 당신은 제가 경이로울 만큼 사랑했던 사람과 닮았어요. 경이로울 만큼. 그는 이 말이 썩 좋았다. 이 말은 그에게 더없이 숭고한 무엇인가를 느끼게 해 줬다. 난 사랑이 있었던 그곳으로 돌아가고 싶어요. 그는 그녀에게 설명할 생각이 없다. 그들의 만남, 그들의 사연, 에코마르셰에서 장 보던 일, 화장실용 휴지를 필터 삼아 내려마셨던 커피. 그녀에게 전부 이야기해 줄 것이다. 포르노 DVD 때문에 우리 두 사람이 처음으로 미친 듯이 함께 웃었던 이야기도 그녀에게 들려줄 거예요. 딱 한 번 그가 그녀에게 거짓말을 한 적이 있는데, 그게 바로 이 DVD가 자기 것이 아니라고 했던 일이다. 또 『나무 위의 남작』과 〈42년의 여름〉에 대해서도 이야기해 주고, 어떻게 그녀를 미용실에 데려갔는지, 그리고 어떻게 해서 그녀가 엄마에게는 엘리자베스 테일러이고 나에게는 시라노 드 베르제락이 되었는지, 알려 줄 거예요. 또 비록 어려운 일이었고 눈물 때문에 이따금씩 단어가 녹아내리고 음절이 흐물거렸지만, 그래도 내가 엄마에게 사랑한다는 말을 할 수 있도록 그녀가 나를 어떻게 가르쳤는지도 말해 줄 거예요. 뿐만 아니라 그녀가 나와 함께 있어서, 그리고 내가 그녀와 함께 있어서 얼마나 행복했는지, 어떻게 우리가 같은 것들을 동시에 좋아했는지, 우리가 사랑을 나눌 때 어떻게 해서 날기 시작했는지도 이야기할 거예요. 그런데 엄마, 엄마도 아빠와 같이 날아 봤나요? 그래요, 그녀는

이해해 줄 거예요. 그리고 그는 어머니에게 이 말을 영어로도 말했다. *She will understand.* 그러면 모든 것이 다시 제자리를 찾을 거예요. 안 그러면 엄마, 난 죽어요, 죽는다고요. 누구도 그렇게는 살 수 없거든요. 그의 어머니는 이미 딸을 잃었다. 그리고 이번에는 아들을 잃었다. 그녀는 제가 쟈닌이라고 부르는 걸 아마 원하지 않을 거예요. 저도 잘 알아요. 하지만 괜찮아요. 그녀가 원한다면 제가 스칼렛이라고 부르면 돼요. 그의 어머니는 아들과 딸, 둘 다 잃고 말았다. 이제 끝이다. 기계에서는 이제 아무 소리도 나지 않았다. 그래요. 그녀가 원하면 스칼렛이라고 부를 거예요.

7
데자뷰

스칼렛 요한슨은 자동차 뒷좌석에 앉아 있었다.

그녀는 전화로 매니저 스콧 램버트와 프랑스 영화 감독 크리스토프 뤼지아가 준비 중인 이브 몽탕의 전기 영화에서 연기할 마릴린 먼로 역에 대해 의논하고 있는 중이었다.

그녀가 타고 있는 자동차는 벌써 몇 분 전부터 (할리우드의) 웨스트 피코 대로에 있는 크라운 카워시 세차장에 도착해 있었다.

운전기사는 가득 주유 중이었다.

그런데 갑자기 캐러멜색 피부에 용수철처럼 곱슬거리는 금발의 꼬마 여자아이가 그녀의 눈에 들어왔다. 그 아이는 물웅덩이에서 신나게 뛰어놀고 있었다. 그러다가 아동용 자전거를 타고 세차기를 막 빠져나와 홀딱 젖어 있는 어떤 젊은이를 보더니 웃음을 터뜨렸다.

아름다운 눈을 가진 그는 배우 라이언 고슬링과 닮아 있었다. 아니, 더 잘생겼다.

그때 그녀가 차에서 내리자 그 정비공 청년이 그녀를 알아봤다. 그는 한참 동안 그녀의 얼굴을 뚫어지게 쳐다보더니 미소를 지었다. 아주 달콤한 미소였다.

그다음 고개를, 온몸을 그녀에게서 돌렸다. 이후 그 완벽한 몸을 그곳에 버려 둔 채, 마치 파도에 잡아먹히기라도 하듯 세차기 뒤편으로 사라졌다.

"이제 그는 우리가 결코 우리가 가진 무언가 때문에
사랑받는 것이 아니라, 다른 사람의 부족한 부분을 채워 주기 때문에
사랑받는 것임을 깨달았다. 우리는 타인의 부족한 한 조각이다."

나의 날개이자 순풍이 되어 준 카리나 오신과 클레르 실브,
사람들의 심장을 울려 눈뜨게 하는 엠마뉘엘 알리베르와 로랑스 바레르,
말(語)이 세상을 여행할 수 있게 하는 매우 아름다운 재능을 가진 에바 브르댕,
나의 요정들, 올리비아, 리디, 베로니크,
내 욕망의 리스트가 승승장구할 수 있게 해 준 언론계와 출판계의 여러분,
필립 도레이와 자쿱 로 17번지의 근사한 친구들, 그리고 모든 대표들,
흐린 날의 한 줄기 햇살처럼, 폭풍우가 몰아치는 날의 구명튜브처럼,
오래전부터 필자를 격려하고 스스로도 멋진 편지를 쓴 작가이기도 한
모든 남녀 독자 여러분.

내가 마지막으로 바라볼 사람, 다나에게.